為了下一次的重逢

增訂新版

陳義芝 著

新版自序

拍擊流水的哀歌

二〇〇六年春初，有一天紅媛上靈鷲山參加法會，我開車送她之後，轉回澳底找了一家咖啡屋，憑窗坐下，打開一個綠色背包，翻撿二〇〇三年收攏於其中的邦兒遺物及朋友安慰的信函。三年來的感傷塵埃似已沉降，這回又吹颳揚起，從午前坐到黃昏。

店家看我時而書寫，時而停筆拭淚，送過飲料輕食即未再打擾。印象中那一天顧客不多，我漸漸沉浸到一條唯我經驗、記憶的暗黑路途，一個人慢慢地邁步、彳亍，張望、回顧，偶見一絲光，光又隱去；有時重濁地呼吸，長長地抒吐一口大氣，有時不免眼熱，鼻酸……。

窗外那株山茶已開盡。天漸暗，離去前我總算將〈為了下一次的重逢〉初稿寫好。

春天過完，夏天重訪最初引領我皈依佛法的日月潭玄奘寺，執筆〈再見山門〉時自覺心念已重生，乃決定將二〇〇三年寫的〈運河邊上〉、二〇〇四年的〈異鄉人〉、〈再別艾城〉，連同之前未付梓之散文彙編成冊，於是有了時隔上一本散文集十九年之久的新集，書名即採用我在咖啡屋所寫那篇補恨之作。

回想遭遇生死頭一年，我小心翼翼地試著過平常日子，不把心中的霾害顯露於外。因在媒體工作，少不了外在事務，〈運河邊上〉就是為參加台灣文學館開館而作。住在台南市區運河邊的旅館，除參觀行程，我大多待在室內，望著戶外街景，想著運河的前世今生，內心塞滿興亡的茫然。

〈運河邊上〉是那年唯一的一篇散文；詩稿，也只得〈一筏過渡〉一首：

一筏過渡似紅蓮
消失在霧中
「兒女情，原泡影也」
此話遽爾成真

詩成於靈鷲山無生道場觀海台，傍晚時分，獨自一人遙看西方，海天交接往上空延伸，透光與不透光的雲霞靜止、翻湧、追逐，如魚鱗如草露，如電眼如光箭，心想世間情約莫如此——誰不是情識難明、情根難斷，而愛慾卻像塞壬美妙惑人的歌聲，無人能斷聽！

經過一年，為了難忘的紀念，我又寫下〈哀歌〉、〈焚燬的家書〉。「燬」字原不須加火字旁，刻意加上，因火葬那一片火光由我按鈕點著，強烈地存在腦子裡。送別瀕危與死去的他，那一刻，我都記在〈異鄉人〉中：

艾德蒙頓時間六月十日下午五時三十分，兩位生養他的白髮人為他覆上往生被。他呼吸何時停止，圍繞牀邊的人都不甚清楚，但大家親眼望著他走完最後一程，距離我與他最後溝通捐贈器官時，不到一個鐘頭。他終於放下塵世的父母，放下一群死生好友，跟著菩薩去了。四天後我親手按下火葬的按鈕，轟一聲，目送他形體化去像紅蓮被接引到西方。

生死兩隔最教人難以適應的是，通話的管道被截斷，〈焚燬的家書〉於是以「我怎能再和你說話／和雪花飄落說，和冰河融溶說」起筆，歸結於「告訴我，告訴我怎能再和你說話／說至死方休的話」。斷情容易嗎？我在詩中對邦兒說：「你父你母養育過你的生，現在仍養育著你的死」。「死」如何養育？——我確實知道，養在做母親的頭上，由黑髮變成白髮，養在她止不住的淚流，也養在她的身體內部，一夕之間停經。

「生兒育女看似尋常，其實，我們做父母的都被瞞著，被宿命，被一個神祕的故事，被輪迴的謎或諸神的探險。」這是簡媜的話。〈為了下一次的重逢〉如果值得讀，多因我摘錄有長輩及朋友針對性的寬解智慧語。邦兒之死，原來，是要我補修人生最重的一門課。

第二年康兒自亞伯達大學（University of Alberta）畢業，決定搬離艾德蒙頓，我陪他從艾德蒙頓駕車到溫哥華，來回兩趟。第一趟行程留痕於〈再別艾城〉一文，家人一同先重走邦兒騎車奔馳的河岸道路，重訪他念的初中、打過工的洗車場、立了他牌位的佛光講堂，及曾共遊的傑士伯公園、派翠西亞湖……。再見了傷心之城！一千二百公里長程，父子倆翻開生命的下一章。

書中另收三篇悼亡之作，一寫張子良老師的〈別後消息〉，一寫知交洪醒夫的相關記憶，附錄〈寧波女子〉則是紀念晚境孤寂寡歡的岳母。人生短暫，但卻要經歷多少悲涼情事啊！真如李賀所感嘆「衰蘭送客咸陽道，天若有情天亦老」。為了不使整本集子過於蕭瑟慘惻，最後編入九篇解構聖修伯里《小王子》的愛情小品，其構思旨趣，顯係企慕羅蘭・巴特《戀人絮語》對哥德《少年維特的煩惱》之解構。以抒情的筆辯證愛有生命，愛是不死的，不管身在天涯海角，也不管人世如何星移斗轉。這一嘗試新鮮，二十年後的今天重讀，仍為其純潔的許諾、神祕的眼神、在沙漠找一口井的夢想，覺得莊嚴。這一輯文字也論及死亡，並不忌諱訣別的對話，例如：

「我將喃喃問：妳去到哪裡？為什麼要去另一個星球找愛情？那是不是我的錯？我將抵達很藍很藍的海，坐上山崖，風吹得眼瘦，陽光在水面反照出一片片魚鱗的光。

「妳望得到我，一定會曉得我將綿綿思念託給了花魂。夜深時，滿天星斗像喧嘩的浪甩上天。我有別人沒有的星星在眼裡，有一口美麗的井，藏在作夢的沙漠……」

《為了下一次的重逢》出版後六年，我在爾雅結集了另一本散文《歌聲越過山丘》，其中較受注目的篇章是〈海濱漁夫〉及〈編輯桌上最後一批信〉，對我別有意義的篇章還包括：記瘂弦的〈趨於樂而困於禮的靈魂〉，記楊牧的〈遙望或者親近〉，記余光中的〈過余光中家〉等篇，三位前輩詩人各有獨特詩風，都提攜過我，三位也都有我奉贈的詩。詩、文雙寫的原因是：詩所不能包容的細節，散文適足以含納。

邦兒猝然離世，讓我深覺散文有詩所不能取代的功用。散文不僅長於記實，透過語言描繪、語氣渲染、意境營造，也完全可以開展出與詩筆頡頏的境界，形成獨立於現實生活之外的文本，它與小說、詩同樣歸屬為文學創作，原因在此。散文真不真實的爭論多無必要，「真實」所要求的是作者的感情；事件之所以能夠凸顯，必因作者用情十足，鑽探實深。

個人經歷死別試煉，曾經至痛的經驗若不藉散文銘刻成字，在時間的強風中，難保不日漸磨蝕。《為了下一次的重逢》既是與愛與死對話，其意義就在情感銘刻，十五年前由九歌出版，至今印行超過一萬本，日前編輯來信決出新版，希望得以修正初印本少許誤植。我珍惜與讀者的交流，特增編同屬倫理悲歡，曾獲二〇一二年度散文獎的作品〈戰地斷鴻〉，並手寫這篇短文，作為新版序。

陳義芝

二〇二一年五月十九日寫於紅樹林

初版自序

潛入沉船殘骸處

上一本散文集《在溫暖的土地上》，出版於一九八七年。明年就二十年了。

這段期間，我寫詩，寫雜文式的評論，也寫學術論文。出版詩集五冊，選注兩冊，學術論文兩冊。散文著墨不深。應蔡文甫先生邀請，散文選倒編了一些，例如：《散文二十家》、《散文教室》，及「新世紀散文家」書系十餘冊。分別撰寫過〈籠天地於形內，挫萬物於筆端〉、〈文成法立〉、〈誰是當代散文大國手〉、〈散文的傳統〉等編序，表達自己對散文的看法。二〇〇三年參加東吳大學「散文創作與時代感受」座談發言，強調：愈是有個體感受的個人化散文，愈有時代的意義，因為它是「集體」的一個角落，是集體面相不可或缺的一部份。

這本散文，全寫我熟悉的、立足的角落，套用美國當代女詩人亞德麗安・芮曲（Adrienne Rich）「潛入沉船殘骸處」的說法，我去探查我的沉船殘骸，看看沉在水下的船身和那些留下的寶藏。誰的生命角落沒有沉船殘骸？如果我們潛得夠深，就能發現。

亞德麗安・芮曲說得好：

> 我要來目睹的是
> 船的殘骸，而不是殘骸的故事
> 事件本身，而不是傳說的神話

我心目中感人的散文就是「船的殘骸」、「事件本身」，我希望自己的散文也是。它可能是無聲的陰影，可能是幽冥的暗夜，都是作者親身經歷，因而帶有近乎知識系統的感性。

加拿大作家瑪格麗特・艾特伍（Margaret Atwood）在〈作家論寫作〉，提出「與死者協商」這一論旨，同是為了透露吸引人而不為人知的另一世界的聲音。

所謂「另一世界」，當然不是營營利害的現世，而是響著七弦琴音的生命之鄉，大情大義的倫理、大悲大喜的命途。二十年如一夢，這是我最切切思索的主題，也是我認為最值得作家一窺究竟的領域。

中國先秦的散文，我一向當思想、歷史材料讀。文學散文，要以唐宋以後之作更富於創造，歐陽修、蘇軾、歸有光、袁枚，都是我寫散文的活水源頭。輯I勾勒感情長途的轉折試煉，輯II寫點滴在心的鏡頭啟示，輯III寫知性的感觸、探訪，輯IV寫紅媛與我，回扣輯I。貫串整本書的軸線是：緣與命。

緣與命是五十之年的我找到的一把梯子。我踩著梯子下到深海，打撈可用的或可紀念的時光殘骸，發出一些脆弱的訊息，獻給一起跋涉的人。

陳義芝

二〇〇六年八月二日寫於台北

目次

輯II

輯III

輯IV

輯V

圖畫目次

邦兒高中美術

葉紅媛習作

輯 I

異鄉人

種在窗台的三顆柚樹籽，陸續抽芽長成小樹秧，前幾天我把它們移植到陽台的瓦盆裡，兩棵的葉子油綠綠如銅錢大，成品字形，另一棵則長了五枚如指甲蓋大小的葉片，個頭稍小，很像一對父母帶了一個小孩。

這三顆柚樹籽是年前在山上從心道師父手中拜領的福田善種。當天去到山上已經黃昏，師父斜披暗紅袈裟，頭戴呢帽，在面海的露台講了一些生死、皈依的話，我和紅媛含淚聆聽。已在教會受洗的康兒也恭敬地向師父行禮，在腕間繫上師父送的硨磲。下山時，師父用裝了土的小玻璃杯送一人一顆柚樹籽。柚爲嘉木，古詞賦裡常與橘樹並稱。

我用心地澆水，放在窗台，接受陽光空氣，不必刻意就看得到它，從長出白色的根鬚、發出綠芽、破土，一棵、兩棵、三棵，時有目睹生長的欣喜，但更多時候望著三棵綠苗卻有忍抑不住的傷心，原來應有四棵才對啊，應該是一對父母帶著一雙兒子，但如今邦兒卻已先離去，才二十一歲的一個大孩子，魂留異國，以至於我們能收下的種籽就只能是三顆了。

邦兒之意外，強烈衝擊到和他一起在國外念書的哥哥康兒。他半夜從艾德蒙頓打電話回來，聲音顫抖：「爸爸，你趕快來！」一向堅強的他，那一刻脆弱得亟需一根支柱，只因弟弟剛從高速公路事故現場被送到醫院，經電擊回復心跳，昏迷指數三，正在瀕死掙扎。

我越洋趕去，直奔醫院。紅媛從洛磯山脈西邊友人處早我一步到達。邦兒躺在加護病房牀上，沒有知覺，他一百八十三公分，兩隻長腳頂住了牀尾。病房只有呼吸器幫浦的聲音，每隔一至五秒不規則重重喘氣一次，牀頭右邊的儀表顯示心跳、血壓的數字與曲線圖，我捏揉他手腳時，數字一度上升，指針突然劇烈跳動兩下，像是心情激動，我猜他是作了噩夢，在一個不醒的噩夢中作的噩夢。邦兒的腦子還運轉嗎？我凝望著失去知覺的他，脆弱地相信他如同電腦修補程式一樣，現在，正潛心爲自己受傷的腦子進行修補，雖然極爲艱辛，但有不死的腦幹，他會活回來，活回活蹦亂跳的樣子。

護士在他兩脅之下放了冰袋，體溫緩緩從三十八點六度降了零點三，雖只零點三，總是降了。護士說，腦子失去控制，體溫因而無法調節。邦兒閉著的眼皮有時會往上翻，露出一線眼白，一會兒又自行閉上。我在他耳邊繼續輕呼他的小名「邦邦」，講他小時候的事，講他到加拿大以後感興趣的事，也講他自行打工完成買車的壯舉。

當年我要送他們兄弟倆到艾德蒙頓念書之前，選在嚴冬全家預先走了一趟。艾德蒙頓在洛磯山脈以東，是亞伯達省的省會，從溫哥華轉機需一個半小時，一年有近半年的時間下雪，最冷可以冷到攝氏零下四十度。一九九六年初，我們一家人的初旅就碰上零下三十九度嚴寒，地面結冰，不小心會打滑，室內有暖氣不成問題，但室外即使戴了手套、毛帽、圍巾，裹著厚厚的衣物，仍感鼻息凍住，血液遲滯，眼珠發麻，頭顱隱隱作痛，待不了十分鐘就會變成冰人似的。

照道理，溫哥華從台北直飛就到，不須轉機，氣候怡人，應是首選。相較之下，艾德蒙頓酷烈得多。但聽朋友說，小孩若送到溫哥華，父母不在身邊，容易與華人子女群聚貪玩，好逸樂而學不好英文。

「可以嗎？」我問孩子，半年後就要送他們來「自謀生活」，如不能適應還可以另作考慮。

「可以。」他們回答得十分沉穩。那時邦兒才十四歲。

暑假過後，兩兄弟住進了住宿家庭。康兒讀過高中，英語能力較強，邦兒只是初中生，沒有經過ＥＳＬ課程（English as a Second Language）訓練就坐進加拿大中學教室，環境陌生、規矩陌生，起初很難聽懂什麼，想說又無法表達，眞不能想像這「起初」到底多久？我和紅媛回返台灣，投入忙碌的工作，只靠電話問詢，其實並不太了解他的心理。

邦兒是晚發育的，他離開台灣時只有一百六十一公分，在艾德蒙頓正式生活的第一個冬天，有一次他的單車絞鍊，拖不動，他扛著它走回家。又一次上生態環境課，他脫隊在雪林中迷了路，幸好天黑前爬上一座小山頭才沒有闖禍。孤單的他適逢teen-age生理狂飆期，一定有滿肚子鬱結難解，否則不會在學校電腦課將開機密碼嵌入fuck這字。獅子座的他爲一個更廣闊的天地，必須先忍受異鄉拘禁的牢籠，每一扇門都要靠自己打開。我很慚愧只給了他物質的需求，並沒有給他心靈的依靠，任他自己摸索。而今我與他貼身相處，已然是在醫院。他健美的身體躺在白色病牀上，頭身成黃金比例，天哪，多強壯的一個男孩竟招來了死亡的覬覦！

他的牀頭掛著康兒胸前摘下的十字架，我把自己脖子上的天珠取下來放他手中，連日喃喃在他耳邊講著毫無頭緒似乎只爲自己打氣的話。醫生說七十二小時是昏迷者的關鍵時刻，如果七十二小時未醒來，情形就不樂觀。翻過六月六日那晚，就是他與死神正面遭遇的七十二小時關口。我覺得他好累，好累，躺著一動不動，像一尊石化的獻體。

很久沒有這麼近距離凝視他，多肉的耳垂，筆畫工整的雙眉，豐腴的面頰，平時略嫌眯起的眼睛現在閉住，睫毛像一排小草反顯得特別密長。春天雪猶未融時，我曾來探望過他，那是三月，學校功課正忙之際。臨別前一晚，我們在住家附近的日本館子用晚餐，以往用過餐後，會轉往校園附近那家小酒館喝點啤酒，繼續天南地北地聊。兩兄弟都是大學生了，可聊之事眞多，有時不談什麼特定話題，只開開玩笑東拉西扯一番。但那天邦兒有一電腦程式的作業尚未解答，他顯然遇到困難，午後從學校回家坐在電腦桌前兩三個鐘頭無解，那餐飯他吃得悶悶的。我與康兒相偕去小酒館時，他猶豫了一會兒，決定一人先回家。站在積雪盈尺的空地他和我揮手，我有點不忍，有幫不上忙的悵然。自從他有了方向，就有了人生的負擔，我感覺他已收起玩心，確知自己要走的路。我在雪地望著他決然的背影，爲前一年沒去參加他的高中畢業典禮而暗嘆了一聲。連他自己爲畢業典禮添置西裝領帶、拍照，我也沒多讚美兩句，想來那時對他在高中多蹉跎了兩年是耿耿於懷的。邦兒交過好幾個洋女孩，歷練過一齣齣不被祝福的愛情戲，他自己可能並不明白個中緣由，也無意獲取別人的認同，脾氣好的時候他的口頭禪是：「是喔？」性子拗起來則說：「我有自己的想法。」也許太小就出去獨立面對世界，適應的艱辛點滴在心頭，他特別同情弱勢者、失敗的人，以至於我老懷疑那些不再升學的朋友是不是好的朋友，「你交的朋友是什麼朋友?」當年我皺著眉質問過。我想他一定曾經輕視很多父母所代表的主流價值,他形諸於外的叛逆一直要到進了大學才緩和下來。

也是我最後與他交談的去年春天,他跟我談了多年來唯一的一本文學作品,卡繆的《異鄉人》。他念的是英文本*The Outsider*。有一次,他想去一家離家近的咖啡館打工,但咖啡館並不缺人,無意中與店家聊起閱讀,對方問最喜愛的小說是什麼,他回答說《異鄉人》:莫梭、母親死了、與女友約會、阿拉伯人、太陽、連開四槍……等等,兩人越談越投契,對方是個卡繆迷,最後改口願多雇一個人。那是邦兒高中階段的第一個工作。他怎會讀懂那書而且成爲最喜愛的書?是異鄉的孤獨體會、索然無味的生活感覺?還是對荒謬、疏離的抵抗?我竟然沒多花點時間追問,而今已來不及了,來不及了解他的生活圈子究竟有什麼否定、有多少失落。

高中畢業那年,他輕描淡寫提過買車的願望。「住在校園區,到城裡有地鐵,哪需要買車?」我說。全不知車子在當地年輕人心目中會是獨立的象徵。等他自己省吃儉用加倍打工,買下一部破舊的車子,他才告訴我:「買車是我的夢。」

早晨五點天亮,我看著透過窗帘縫隙斜射進病房的陽光,一吋吋從邦兒的牀頭移向牀尾,在「南無觀世音菩薩」的唱誦聲裡,我向菩薩叩求:「救救頎真,救救Russell,救救邦邦！」這三個名字都是邦兒的名字，菩薩您要救哪一個？

上午八時許，台北來電話，說有通靈者言，九時邦兒會醒來，數字具體，家人一時皆陷入忐忑不安焦心的等待。他的手腳有點冰冷，我和紅媛一直去握去搓揉：「邦邦，一定要加油，一定要好起來……」邦兒偶爾會張一張眼，但眼珠子一動不動，像靜止住的夢魘。我用吸管把他口腔中含著的口涎吸乾，突然看到他翕張的嘴露出一抹笑意，極為瞬間卻至為明顯。我抬頭看心搏的儀表九十四，血壓器舒張壓一百二十，收縮壓六十一。這是他要醒來的前兆嗎？他為什麼而笑，是身體得到片刻的舒適或是夢見了什麼？也許正開著築夢的紅色跑車奔馳在熟悉的路上？

但九時邦兒未醒。十時邦兒未醒。其間雖然眼皮動過，醫生說只是我們揉捏他身體的反射動作。我到病房外給在台灣的大弟打電話：

「奇蹟沒有發生……」

「唉。」大弟也很頹喪，他給了另一個說法：「師父說邦邦原是玄天大帝身旁手持七星杖的龍天護法，前來塵世歷桃花劫，現在時辰已到，又要回玄天大帝座前……」

是這樣嗎？那為什麼要來騙我們一遭，一騙騙了二十一年？紅媛哭了。我跟邦兒說，等一會兒他很親的二姨媽要來，他胸口抽動，左眼角溢出了一滴淚。他果然聽得到我說的話，知道紅媛——他的母親的難過嗎？兩年前他原想讀建築，並且許諾，也給我們建一棟房子。他說：「我已經想好了設計圖。」

「我們隔一個block住就好。」紅媛說。

「不行，那樣太近了。」邦兒說。

「離遠了，家裡很多東西壞了，我們不會修怎麼辦？」邦兒擅長修理家用器具，前次回台北修過咕咕鐘、電腦、錄放影機，沒有難得倒他的事。

「我就住隔壁城市，」他調皮地說：「你們只要打一通電話，我就過來。」

那是母子共擁的憧憬，未來的藍圖，互不干擾而能關心照應的光景。

奇蹟未能發生的第二天，情況轉壞了，邦兒每隔兩三小時即劇烈抽搐一次。我們極爲驚慌，不知怎麼一回事。名叫Shirley的男護士婉轉解釋，之前一直使用鎮定劑以免病人抽搐，前一晚刻意停藥，不再強力壓制抽搐，讓家屬知道病人的痛苦。我問一度上升至七的昏迷指數難道也是假的？Shirley說那是醫療團隊安慰家屬的「慷慨指數」。我們求見醫院的腦科權威，腦科醫生說：「如果我是他，我不要你們再救！」我說，他也許會像在英國火車撞擊中受傷的劉海若那樣醒來。醫生說：「情況不一樣，希望低於百分之零點一。」邦兒腦部缺氧超過一小時，醫學救治一般只容許在十五分鐘之內。「如果不是他年輕，身體很好，心肺極強，當天就走了，不可能再恢復心跳。現在，他每抽搐一次，腦就受極度煎熬一次，」醫生露出悲傷的眼神說：「情況越來越差，腎臟已經開始壞死，接下去一個個器官都會出問題。」

從祈求邦兒康復，到只要求他活著能料理基本生活，到終於不得不思索天意爲何，做父母的節節敗退。困儂至極時我打了一個盹，夢見在街上遇見邦兒，相偕回家，心中竊喜：誰說邦兒出事了，這不是好好的？我不敢多問，小心翼翼地和他一路走一路聊，他聽說媽媽想挑一個PDA，就從包包裡拿了一個說給媽媽，我說這不是你用的嗎？他說沒關係，他還有一個舊的。我看了一眼說，舊的給我，新的你用。邦兒說不要不要，一直推讓，說著說著已走到家。他想洗澡，我說好。他去了一個像是公共浴室的地方，不久卻見人急跑來叫我說邦邦倒在浴室，我心想要來的還是來了終於躲不過。邦兒裸身躺在地上，眼睛閉著，我靠上去喊他，他低聲說：「爸爸，我好累喔！」我說：「好，好，邦邦好好睡睡……」驚醒時我說與紅媛聽，會不會是邦兒藉夢境來告訴我們：本來在出事當時就該走了的他，怕父母驟然失去愛兒難以承受，多陪了這麼一段路、多留了這幾天，但現在實在太累，他要離去了。我摟住紅媛，眼淚嘩嘩嘩直流，決定讓玄天大帝座前的龍天護法回駕去吧。原來昨日的歡喜等待只是空歡喜，就像前一日還晴陽普照，六月八日一早卻溫度急降，飄灑起雨。原來人生的歡會，也是假相一場。

醫生說若不再做侵入性治療，按照邦兒目前的身體狀況，呼吸穩定，可能拖三天、一個星期，也可能一兩個月，但他提醒需預做後事準備。由於邦兒沒有自己的宗教信仰，我說依母親的信仰，醫生點頭，登記在紙上，並同意我們可以待在加護病房至最終。踩著沉重的步子回到病房，面對日益茫然的未來，正想商量長期陪病的安排，突聽到一縷樂音，縹緲似自遙遠傳來，卻又清晰就在耳畔，遙遙襲來的哀傷中透露著慈悲寧和的禮讚，啊，是梵唄，我納罕：「外國醫院眞體貼啊，才聽說信佛，就播放佛樂。」抬頭四下張望擴音器在哪？白牆白頂的病房，沒有任何擴音設備，然而聲音究竟從何而來？我問紅媛。她先是說沒聽到，約半分鐘後低聲驚呼：「我也聽到了！」我不是會生幻覺的人，此梵唄太不可思議，紅媛二姊也在牀邊，卻絲毫無聞，她露出訝異的神情。我們相信這是佛菩薩要來接引邦兒了。

難捨而必須捨，是人生艱辛的功課，對邦兒尤其是。他有摯愛著他的親人，還有一大群好同學，華裔的以及白人、黑人，大約二十位放下了手邊的課業與工作，David更剃了光頭許願，大家一起排班在病房守護。加護病房通常只容許兩人進入，這群大孩子盡量把時間讓給我們，他們在外頭的休息室等候，日以繼夜，沒事打打橋牌，睏極了身體就歪七扭八地掛在座椅上。

一度他們十分錯愕，哭紅了眼，以為我們聯絡慈濟的師兄師姊，是準備提早放棄救治，一群人數度派代表，聽過醫生的病情分析後，才無奈地接受邦兒可能永遠不再醒來的現實。他們抱頭痛哭，打電話通知已去溫哥華、芝加哥念書的同學也趕來。我對他們鞠躬致謝，他們總靠上來抱一抱，拍拍背，幾乎異口同聲地說：「叔叔不用謝，應該的，Russell是我們最好的朋友。」David說他夢見邦邦，在他們常去的那家酒吧，光線昏暗，同學坐在一張張高腳椅上，邦邦推門進來，David說：「我們很想你。」邦邦說：「我也很想你們！」

最後兩日。護士如常給邦兒打針、注射不教血液凝固的藥劑，以導管餵食，擦洗、翻身，邦兒仍如常地呼吸，只胸口顫動的頻率加劇，排出的尿色愈見深褐，怵目驚心。陽光如常地從窗縫透進一細縷，先照他頭臉，再照他肚臍、腳。邦兒並沒有要離去的徵象，他仍然用力地呼吸著。明知即將去而未能逕即捨去，邦兒撐得十分辛苦。他是有什麼未了的心願嗎？我去他的住處，房間整理得清清爽爽，桌上攤開的是我無從理解的數理方面的課本與作業，比較不尋常的是抽屜裡藏著許多姿態各異的龍畫。不知邦兒是在什麼情況下畫的龍，我想到大弟講的龍天護法下凡，龍是他的本命嗎？闖禍的紅色跑車停在大樓旁邊空地上，車身無損，車子主人呢，還能不能健在？

朋友帶我去看幾處喪禮的場地。我急匆匆趕回醫院時，紅媛已和邦兒說了，我們決定替他捐贈器官，但她一說完話，看到邦兒眼角流下淚來，又震懾住了：「對不起，邦邦，不是爸媽不要你了，爸爸媽媽希望你放心跟著菩薩走。如果邦邦不願意，沒關係，等一會兒叫爸爸再和邦邦商量。」紅媛要我與兒子說過，再去會晤醫生。我於是在邦兒牀頭輕聲道：

「我們知道邦邦非常愛朋友，邦邦一定願意把愛朋友的心轉而再去愛更多的人。爸媽求菩薩保佑邦邦活下來，不管情況多糟，爸媽願意一輩子陪伴邦邦、照顧邦邦。但倘若菩薩一定要把邦邦接走，邦邦現在就要把自己的身體保護好，這樣才能把有用的器官留下來，捐出來。不管邦邦怎麼決定，爸媽都全力支持。」

我和紅媛去見醫生前，邦兒原本暗紫的肌膚回復正常顏色，冰冷的手腳變軟變暖，一副放心放下的樣子。我們去簽捐贈器官的同意書，病房只留康兒一人守護。

醫生說邦兒停止過心跳、呼吸，因此能捐的只剩下眼角膜和皮膚組織。剛溝通定細節，突然就見康兒疾奔而來，氣促地喊叫：

「弟弟要走了！」

我們趕回病房，把守在醫院的邦兒的同學也都找齊了，美玉師姊祭出法器，引導大家長音唱念「南無阿彌陀佛」的佛號，邦兒的呼吸漸弱漸緩，但始終和暢，我全神注意他胸部的起伏。艾德蒙頓時間六月十日下午五時三十分，兩位生養他的白髮人爲他覆上往生被。他呼吸何時停止，圍繞牀邊的人都不甚清楚，但大家親眼望著他走完最後一程，距離我與他最後溝通捐贈器官時，不到一個鐘頭。他終於放下塵世的父母，放下一群死生好友，跟著菩薩去了。四天後我親手按下火葬的按鈕，轟一聲，目送他形體化去像紅蓮被接引到西方。

紅媛在艾德蒙頓的佛光講堂爲他立了一個長生牌位，康兒寫了一張「與君世世爲兄弟，更結人間未了因」的卡片燒掉。做完頭七後我捧著他的骨灰罈回台灣，帶他回到他讚嘆過的無生道場，安厝在聖山寺的生命紀念館。他的眼睛仍然注視著這世界，他的肌膚仍然體貼著這世界，他的生命慈悲歡喜並未中止。唉，今生做不成的父子，來生再做！許多次，我黯然開車在台北街頭漫無目的地逛，車裡大聲播放邦兒喪禮上同學演唱的那首〈天堂之淚〉"Tears In Heaven"：

Would You Know My Name

If I Saw You In Heaven

Would You Be The Same

If I Saw You In Heaven

我知道我眞實的悲哀才正要展開。少掉的永遠少掉了！窗台上的三棵柚樹不可能變成四棵，少掉的那一棵怎能忘記，但只能種在黑夜點著燈的心裡，種在遙遙思念著的天涯。天涯，那是更遠的異鄉啊！

——寫於二〇〇四年邦兒逝世週年前夕

原載二〇〇四年六月十、十一日《中國時報・人間副刊》

運河邊上

旅館的窗子面向運河。旅館坐落於市區，馬路的車聲隱隱傳入室內，不覺嘈雜卻能感受到城市的脈息。

河的兩旁鋪了寬闊的紅磚道，白色河欄增添了雅致的風情，秋陽斜照，人工栽植的路樹還不到遮蔭的時候。運河的水波微微晃動，倒映著差池的樓影，我在樓上看不出它是否流動，灰綠綠，不算污濁，但也不清澈，所謂倒映的樓影只是水中光度明暗的區隔。車聲悶沉沉，河流悶沉沉，我的心情也是，沉積著，淤塞著一些什麼。

其實，說不上什麼具體的沉積，具體的東西好清除，只有人世滄桑、歷史感喟才難消化。像我這回投宿的旅館原是大海，三百餘年前鄭成功軍隊與荷蘭人爭戰的海域。不過三百年的光景，海灣浮起，潟湖、沙洲如煙，終於回填成一片內陸。今年夏天，孩子的傷痛發生後，我的心多半時候是有裂紋的，彷彿一個黑洞把過往的安適全吸進去，哽在喉頭與心口的無非慘然的碎片。世上興亡如此，個人的生命終始亦如此。

我隨大夥兒白天在府城四處走動，心思不太能集中，多半只惘然地笑笑，任軀體漂在一條沉沉的河裡。從前荷人興築的普羅民遮城是今人登臨的赤嵌樓。從前臨海聳峙，看夕照聽濤聲，而今市聲包圍，動線受阻，只存樓門遺跡，一幢重修的文昌閣、一座海神廟和一口枯井。

一切古蹟於我，不及旅館邊上這條運河動人心魂，我定定望著，漫無邊際想著，日據時期開鑿的這條運河，四分之三個世紀悠悠逝去，商賈舟楫來了又去，一代代的戲碼不斷搬演，落幕，已揚不起任何波瀾。難得一隻水鳥劃破久滯不動的畫面，掠水而去。海岸西移好幾公里，舊稱熱蘭遮城的安平古堡，當年在台江外海，現也已望不到海了。時空變異之大，令遊人陌生到斷絕了思古幽情。

此行爲台灣文學館開館而來，台南數不清我第幾次舊地重遊了。穿街走巷，閒步高樓包夾的綠竹寺院，菩提鐘磬在古舊的廊宇間傳遞無可奈何的興滅之感，逼著人想：繁華榮景終歸堙逝，有什麼是值得眷顧的，有什麼是值得收藏的？是文學嗎？許多時候，不過記下一隻蝴蝶飛過的驚奇，一場夢醒的緣由。

赤崁文史工作室安排的參觀行程，印象較深的是永福路第一級古蹟祀典武廟。朱紅色的山牆與白色翹脊，保存了台灣廟宇少見的單純造型美。廟宇主祀關公，但後殿邊廳祭拜的觀音，低首，微開眼，是一尊垂憐世人的觀音。等同行的人坐定戶外，聆聽南胡與古箏演奏，我一個人又重回觀音廳，仰望爐香薰黑的匾樑，多少人在裊裊香煙中祈求，在灑淚中得到安慰，不覺在拜墊上屈膝伏叩，深深三拜。

廳外小小院落生長著兩棵大樹，蘋婆的葉子長厚而深綠，樹幹粗渾，像顏眞卿的字，另一端逾百齡的古梅則似柳公權。〈寒山僧蹤〉接著是〈安平追想曲〉，絲竹之樂贏得一陣陣掌聲，大夥兒的談興喁喁正濃，獨我與我的垂憐觀音傳音入密，藏住閃閃的淚光，只讓恍恍的時光移走。

一面又漫漫想著《台南城的故事》，清代那幾幅彩色輿圖顯示，海波翻湧，鹿耳門曾經是海上一座小島，島的右後方聳立另一座島（安平鎭），再右緊隨一鯤身、二鯤身、三鯤身，一直到七鯤身。圖左爲新港溪，圖右爲岡山溪。圖下郁永河的〈台灣竹枝詞〉：「鐵板沙連到七鯤，鯤身激浪海天昏，任教巨舶難輕犯，天險生成鹿耳門。」

然而，世上豈有永久的天險，生命豈有永遠的屏障？詩歌文學留給後人的省思猶似滄海，潮浪般的作者一群群竟像鹿耳門一般消失了，輕易就被時間的巨船攻陷，甚至連一絲遺跡都不存留。

子夜過後，運河邊上的路燈熄了，市聲漸弱，小樹的影子在黑夜的風裡緩緩搖晃，我一顆沉重的心仍在積累的感慨中悠忽地擺盪著。

——原載二〇〇三年十一月十四日《聯合報副刊》

再別艾城

天剛亮，我從十一樓窗口外望，遠處河面上凝聚的霧未散，兩層橋面的大鐵橋也未全醒。近處，陽光照在幾棟樓房頂端，立法局的建物坐在一大片綠地裡，屋頂的旗在晨風中飄。

收垃圾的車，來了又走了；市區街車來了，又走了；偶爾一兩個行人近了，又遠了。這裡是艾德蒙頓，今天是好天，再過三小時，我與康兒要出發，離開這個城。

過去這些年，我越洋來此已成常態。曾借住在兒子寄宿的家庭一個多月，那家人的院子種了幾十種罌粟花，五彩爭妍，大的有如張開的手掌，小的有如嬰兒的拳，最教人注目的是黑色罌粟，冷艷像美婦又熱情如咒語。那裡離沙河很近，康兒和邦兒頭幾個月，經常騎腳踏車奔馳在河岸的道路，邦兒踩輪驟疾，在牧場那一段下坡路如箭飛出，康兒急得喊：「Russell——等——等——我！」Russell是邦兒的英文名，去年六月因一場意外在艾德蒙頓去世，生命的花朵不及燦放，再也聽不到哥哥歡快的呼喊了。

今年六月前，我和紅媛從台灣重履傷心之城，康兒帶我們又走了一趟邦兒生活的幾個主要場所。他念的初中放暑假，紅磚建築映著斜陽，操場上一群青少年在踢橄欖球，我遠遠地站在邊上看了十幾分鐘，覺得天幕壓得很低，一群影子在聚散、擁擠，聲音益發渺遠空洞，於是茫茫然離開。

城南，我們買過一棟房子，屋後有一條公共綠帶，兄弟倆打棒球的地方。後院的紫丁香開到隔壁人家去，夏天小粒的蘋果樹結得密密麻麻，紅媛試做過果醬。前院草皮不少蒲公英，起初我並不知有專殺蒲公英的噴劑，父子三人在大太陽底下一株一株地拔，我記得有一張照片就是邦兒舉著一株根莖壯碩得像蘿蔔的蒲公英，獻寶似地笑著。草地被挖得坑坑洞洞面目全非，但笑聲卻是無價的戰利品。

邦兒在洗車場打過工，我們特意前去看看，遙想他在零下數十度的寒天，穿著工作服沖水、擦車。他一定看過不少他喜愛的車子，羨慕擁有，編織憧憬。他最後住的那棟高樓在河的北岸市區，原來的停車位已停上另一部車，原來的住屋應該也有了新的住客。人生代謝至此不再是古詩裡闡述的一個道理，而是切身的體會了。

幾個月前，康兒也從沙河南岸搬到這一岸，離弟弟最後的租屋很近，我不敢問他爲什麼。反正只是過渡，能留多少記憶就留多少記憶。我深怕康兒陷在這座傷心的小城，乃極力勸他往東到多倫多、蒙特利爾或往西到溫哥華。七月初他終於打電話回台灣說月底要離開了。爲了便於奶奶探望不必轉機，他選擇到溫哥華。

我決定請假來陪他搬家，一同駕車越洛磯山脈到太平洋濱。在艾城的佛光講堂，我們與覺諭法師道別，再看一眼地藏菩薩右上方邦兒的牌位，點了香而不知要說什麼話。請菩薩保佑邦兒得道嗎？邦兒已在菩薩身旁了！請邦兒跟我們說一聲再見嗎？早在去年六月就說了。現緣中斷，雖知必有後緣，但情狀難明，倍增癡著空想的煩惱。

不去想他！今天是好天，再過一小時要出發。

父子一起到樓下轉角咖啡屋點了咖啡，漫無邊際地聊。聊媽媽這回帶來的水晶簇、富貴竹——邦兒發生意外後，一家人變得膽小，特別是做母親的。聊古典音樂——康兒在大學選修過音樂欣賞，最愛莫札特A大調第十一號鋼琴奏鳴曲，他說貝多芬第五號交響曲雖然分析起來很豐富，但他就是不喜歡。「那爲什麼欣賞莫札特這首鋼琴曲？」「聽了心裡平靜。」康兒說。

他有幾張國語抒情老歌的演奏曲CD，暗夜在露台上，我問：「聽了，會不會有泫然淚下的感覺？」他說：「那倒不至於。只是會想家。」這幾天，康兒的心情並不平靜，看不出有找到第一份正式工作的喜悅。要離開他已熟悉每一條街道的艾德蒙頓了，好幾位師長找他講話，有人期勉他專業，像海綿強力吸收資訊；有人要求他上班必須勤快，並以自身爲例，十年不請一天假；有人建議他每天早晚靜坐，從五分鐘坐起，讓心沉靜下來好規畫一天該做與尚未做的事。怎麼看待人生的難題，如何行走於社會叢林，是我一再耳提面命的事。但人生艱難，並不好過，我自己還時時顛躓忐忑，對孩子講起大道理，難免反覆空洞，思之愀然。

從艾德蒙頓到溫哥華全程一千兩百公里，傑士伯國家公園是第一個三分之一點。全家多次遊賞的舊地，派翠西亞湖邊一棵巨大的白木幹斜倚水上，我曾脫鞋下水，邦兒還撩水玩過，留下了一捲底片。湖岸松野，地面滿是松果，五月我重來尋訪邦兒遺蹤，看右面山，雪光其頂鬱藍其下，左面山殘雪散布於金色石巖上，瘦高的白楊樹蕭蕭沉吟，掩映著小樹青苔。空山松子落，幽人已長眠，湖水還是一樣的翠綠，並不沉寂，粼粼受風與大自然耳語著。宇宙同體，唯凡軀不能傳遞訊息，這才是難解的奧祕！

第二個三分之一點，在山裡頭的甘露市，距艾城已八百餘公里。白天奔馳了一天，我不到十二點就先就寢，兩個多鐘頭後醒來，發覺康兒不在鄰牀。我外出尋他，在旅館轉角的階梯上，他坐著吸菸。平常我總約束他在一些場合不可抽菸。但那一刻四十五度天上幾近滿月的月光照著他，地上暗暗的一小點身影，我莫名地感傷起來，再過一天就是陰曆的六月十五，一份新的工作在一個新的城市等他，他即將開始一段陌生的生涯。朋友的小孩潔西卡在康兒上班不遠處幫忙租了一房一廳的公寓，據說窗外是一所小學，有遼闊的綠地。據說離機場很近，家人探親的路的確短了許多。

洛磯大山的風吹著，越過群山到身邊，無塵而如水，我相信無眠的歲月不可能少，但像此刻，父子同行在旅途中的一個中憩點，中夜相對，靜靜兩點火星，這樣的日子不一定還能有。

——原載二〇〇四年八月二十四日《聯合報副刊》

為了下一次的重逢

清明時候，又一次來到聖山寺。在濛濛的小雨裡，我特意先彎到雙溪國小，將車停在溪畔，獨自走進空無一人的操場。沿著圍牆，穿越教室走廊，在那株森然的茄苳樹下，彷彿又看到穿著紅白花格襯衣的邦兒。

那年邦兒就讀小二，星期天我帶他和小學五年級的康兒坐火車郊遊，在車上隨興決定要在哪一站下。父子三人的火車之旅，第一次下的車站就是雙溪。

當年操場上太陽白花花的，小跑著嬉鬧一陣，邦兒就站到茄苳樹蔭下去了。小時候，他憨憨的、胖胖的，聽由媽媽打扮，有時穿白襯衫打上紅領結，煞是好看。那天穿花格襯衫，捲袖，許是天熱，流了一身汗，又沒零嘴吃，雙溪這處所因而並不稱他的心。我們沒走到街上逛，天黑前就意興闌珊搭火車回家了。

一晃眼十幾年過去。一樣是周末假日，此刻，我獨自一人，蕭索對望雨洗過的蒼翠山巒與牛奶般柔細的煙嵐，四顧茫茫，樹下哪裡還有花格子衣的人影？茄苳印象不過是瞬間的神識剪貼罷了。

那時，兩兄弟是健康無憂的孩子，經常走在我的身邊，而今邦兒已在離雙溪不遠的聖山寺長眠，住進「生命紀念館」三樓，遙望著太平洋；康兒經歷一場死別的煎熬選擇留在加拿大。我和紅媛回返台北，仍頂著小戶人家亟欲度脫的暴風雨，三年來，經常穿行石碇、平溪的山路，看到福隆的海就知道，快到邦邦的家了。

邦兒過世，漢寶德先生寄來一張藏傳佛教祖師蓮花生大士的卡片，中有綠度母像，我一直保存著，因安厝邦兒骨罈的門即為綠度母所守護。綠度母乃觀世音悲憐眾生所掉眼淚的化身；邦兒是我們家人眼淚的化身。林懷民寄了一枚菩提迦耶（Bodhgaya）的菩提葉，左下缺角如被蟲囓過，右上方有一條葉脈裂開。我靜靜地看這枚來自佛陀悟道之地的葉子，傳說中永遠翠綠不凋的枝葉，一旦入世也已殘損，何況無明流轉的人生。青春之色果眞一無憑依！

還記得三年前我懷抱邦兒的骨罈到聖山寺，與紅媛一道上無生道場，心道師父開示「生命的重生與傳續」。師父說，人的緣就像葉子一樣，葉子黃的時候就落下，落到哪裡去了呢？沒到哪裡去，又去滋養那棵樹了。樹是大生命，葉子是小生命，小生命不斷地死、不斷地生，大生命是不死的。人的意識就像網路一樣交叉，分分合合，不斷變化，要珍惜每一段緣。

「我們會再碰面嗎？」傷心的母親泣問。

「沒有人不碰面的！」師父說：「我們只是身體、想法在區隔，如果你的想法跟身體都不區隔它，我們都是在一起的。」師父更以眾生永是同體，勉勵傷心的母親要愛護自己。

命運不是人安排的，人只能身受命運的引領。如果不是朋友勸說，我們不會申辦移民；如果不是我有長久的寫作資歷，無法以作家身分辦理自雇移民；如果不是移民，孩子不會遠赴加拿大念書，也許就沒有這場慘痛的意外。然而，一切意外看起來是巧合，又都是有意義的。蜂房的蜜全由苦痛所釀造，蜂房的奧祕就是命運的奧祕。

邦兒走後，我清理他的衣物，發現一本台灣帶去的書《肯定自己》，是他國中時念的一本勵志書，「以意外事件來說，交通事故是死亡率最高的事件。生活周遭也時時刻刻藏著許多一發不可收拾的危險……」這是他寫的一段眉批。他寫這話時何嘗預知十年後的發生，但十年後我驚見此頁卻如讖語一般電擊，益加相信不幸的機率只能以命運去解釋。這三年我常想到法國導演克勞德．雷路許拍的電影《偶然與巧合》，雅麗珊卓．瑪汀妮茲飾演的芭蕾舞者，在愛子與情人一起意外身亡時，孤身完成一段尋覓摯愛的旅程。紅衣迷情的芭蕾麗人驟然變成黑衣包裹的沉哀女子。果眞如劇中人所云「越大的不幸越值得去經歷」嗎？不久前我找來這部片子重看，雜糅了自己這三年的顚躓回憶，總算體會了：人生沒有巧合只有注定，意外的傷痛也會給人預留前景。

紅媛和我在無生道場皈依，師父說：「佛法要去見證。」我們就從「佛法是悲苦的」開始見證起，趕在七七四十九天內，合念了一百部《地藏經》，化給邦邦。

我於是知道地藏菩薩成道之前，以名叫光目的女子之身，至地獄尋找母親，啼淚號泣，發下地獄不空誓不成佛的誓願。佛法如烏雲邊上的亮光，當烏雲罩頂，一般人未必能即時參透，但透過微微的亮光，多少能化解情苦。

「我們還會再碰面嗎？」無助的母親不只一次椎心問。

「沒有人不碰面的，」師父不只一次回答：「我們只有一個空間，都在一個意識網裡，現在只是一時錯開，輪迴碰到的時候就又結合了。」他安慰我們，未了的緣還會再續，多結善緣，下一次見面時生命就能夠銜接得更好。

我恍惚中知道，人的大腦很像星空，若得精密儀器掃描，當可看到漂浮於虛空的神識碎片。三年前，如果邦兒只是腦部受傷，我想，他的神識碎片會慢慢聯結，會慢慢癒合的，可惜意外發生時他的心肺搏動停止太久才獲急救，終致器官敗血而無力可挽。在醫院加護病房那七天，他看似沒有知覺、沒有反應，但我相信天文學家的分析，黑洞有一種全宇宙最低的聲波，比鋼琴鍵中央C音低五十七個八度音，那是黑洞周圍爆炸引起的，已低吟了三十億年，邦兒經歷死亡掙扎，無法用聲口傳語，必代之以極低頻率的聲波回應我們在他耳邊的說話。三年來，這聲波仍不斷地在虛空中迴盪，在我們生命的共鳴箱裡隱約叫喚。若非如此，我們怎麼一直無法忘去，由他出現在夢裡？若非如此，做母親的怎會痛入骨髓，甚至肩頸韌帶斷裂。

做完七七佛事那天，親人齊集無生道場，黃昏將盡，邦兒的嬸嬸在山門暮色中驀然看見邦兒，還聽到他說：「我不喜歡媽媽那樣，不想她太傷心！」這是最後的辭別，母子連心的割捨。

邦兒走了三年，我才敢重看當年的遺物，他的書本、筆記、打工薪資單和遺下的兩幅油畫。從紫色陶壺裡伸出一條條絹帶那幅他高中時畫的油畫，意象奇詭，像是古老的「瓶中書」，又像現代的傳眞列印紙；有時看著看著又聯想到是某一古老染坊的器物。

他有一篇英語一〇一的報告，談加拿大女作家瑪格麗特・艾特伍的小說〈浮出表面〉，敘事者尋找失蹤的父親及她的內在自我，角色疏離與文化對抗的主題融會了邦兒的體驗，讀之令人失神。

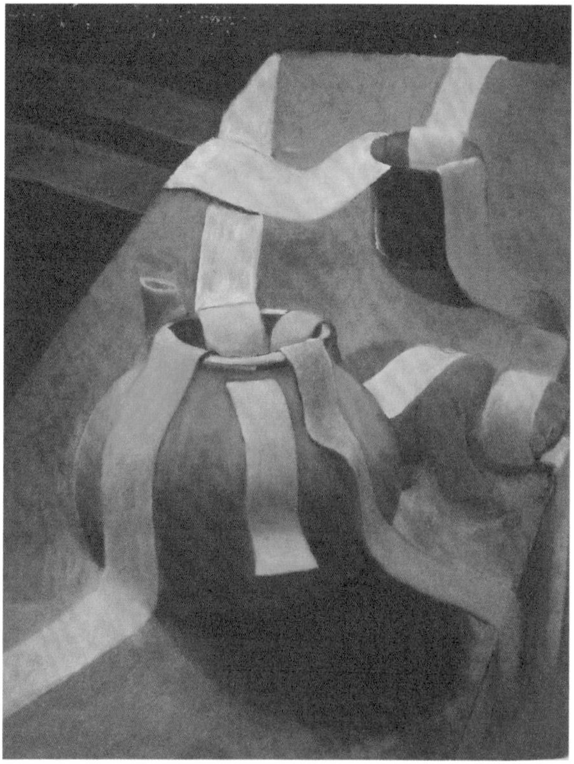

〈陶壺的消息〉邦兒高中油畫，1999

我同時檢視三年前朋友針對這一傷痛意外寫來的信。發覺能安慰人的，不是「請節哀」、「請保重」、「請儘快走出陰霾」的話，而是同聲一哭的無助，像李黎說的「有一種痛是澈骨的，有一種傷是永難癒合的」，像隱地說的「人在最難過的時候，別人是無法安慰的，所有的語言均變成多餘」，像董橋說的「人生路上布滿地雷，人人難免，我於是越老越宿命」，也像張曉風說的：

極大的悲傷和遽痛，把我們陷入驚竦和耗弱，這種經驗因爲極難告人，我們因而又陷入孤單，甚至發現自己變成另一國另一族的，跟這忙碌的、熱衷的、歡娛的、嬉笑的世界完全格格不入……但，無論如何，偶然，也讓自己從哀傷的囚牢中被帶出來放風一下吧！

她告訴我的是「死」而「再生」的道理，當我搖晃地走出囚牢才約略有一點懂了。

事情發生當時，友人幫我詢問台大腦神經外科醫生，隔洋驗證醫方；傳書叮囑誠心誦念「南無藥師如來佛琉璃光」百遍千遍迴向給孩子。待我辦完邦兒後事回台，很多朋友不惜袒露自己親歷之痛，希望能減輕我們的痛楚。齊邦媛老師講了一段被時代犧牲的情感，她二十歲痛哭長夜的故事。陳映眞以低沉的嗓音重說幼年失去小哥，他父親幾乎瘋狂的情景。

蘭凋桂折，各自找尋出路……這就是人生。我很慶幸在大傷痛時，冥冥中開啓了佛法之門。從《心經》、《金剛經》、《地藏菩薩本願經》，到《法華經》，紅媛與我或疾或徐地翻看，一遍、十遍、百遍誦讀。

「就當作這孩子是哪吒分身，來世間野遊、歷險一趟，還是得回天庭盡本分。」老友簡媜的話，像一面無可閃躲的鏡子：「生兒育女看似尋常，其實，我們做父母的都被瞞著，被宿命，被一個神祕的故事，被輪迴的謎或諸神的探險。我們曾瞞過我們的父母卻也被孩子瞞了。」

王文興老師來信說：「東坡居士嘗慰友人曰：兒女原泡影也。樂天亦嘗云落地偶爲父子，前世後世本無關涉。」我據以寫下〈一筏過渡〉那首詩，以「忍聽愛慾沉沉的經懺／斷橋斷水斷爐煙」收束，當作自己的碑銘。

歸有光四十三歲喪子，哀痛至極，先作〈亡兒壙誌〉，再建思子亭，留下〈思子亭記〉一文。他至爲鍾愛的兒子十六歲時與他同赴外家奔喪，突染重病而亡，歸有光常常想著出發那天，孩子明明跟著出門，怎料到足跡一步步就消失在人間。此後，不論在山池、台階或門庭、枕席之間，他總是看到兒子的蹤跡，「長天遼闊，極目於雲煙杳靄之間」，做父親的徘徊於思子亭，祈求孩子趕快從天上回來。這是邦兒走後，我讀之最痛的文章。

美國詩人愛默森追悼五歲兒子的長詩〈悲歌〉，我也斷續讀過兩遍。孩子是使世界更美的主體，早晨天亮，春天開花，可能都是爲了他，然而他失蹤了：

大自然失去了他，無法再複製；
命運失手跌碎他，無法再拾起；
大自然，命運，人們，尋找他都是徒然。

誰說「所有的花朵終歸萎謝，但被轉化爲藝術的卻永遠開放」？誰說「詩文可以補恨於永恆」？

邦兒已如射向遠方的箭，沒入土裡，歲歲年年，我這把人間眼淚鏽染的弓，只怕再難以拉開，又如何能夠補恨於今生！

活著的，只是心裡一個不願醒的夢罷了。芸芸衆生，誰不是爲了愛而活著，爲了下一次的重逢，在經歷不是偶然的命運！

——二〇〇六年三月三十日寫於內湖
原載二〇〇六年六月十一日《聯合報副刊》

〈佛〉葉紅媛粉彩，2004

再見山門

只有山門外的石階未損，天意引領我拾級而上。

山門變形，院牆的石基坍陷。大殿樑柱外露，屋頂覆蓋著遮雨篷，四周用木柱橫七豎八地頂著，布滿磚石碎瓦。結構體似乎已鬆動，黃繩拉起一條警戒線，警示遊客勿靠近。

這是一九九九年深秋，九二一地震後日月潭玄奘寺的景像。我登臨山門，天色將晚，遠望潭面，水煙勾留著殘餘的夕光，晦冥而憂傷，前庭十幾棵高大的冬杉也帶著黯然神色。鐘樓傾頹，大鐘移置到山門左側。我佇望潭水良久，回身，發覺左側臨時搭建的廂房閃現僧尼一晃而隱的衣角。

此山莫測高深，我在大荒涼中邁越斷垣殘礫，站到鐘前，握緊撞鐘橫木，傾力叩擊三響，鏜鏜悠悠不盡的鐘聲飛越潭面，飛繞遠山，然後又飛回山門。我將衣袋中的鈔票投入募款箱中，祈祝玄奘寺早日重修完好，就在那瞬間決定皈依佛法。

我原是基督徒。懵懂無知的幼時即跟隨父親進出教會，受洗。中學過後，因無法感應別人所作的見證，日漸疏離。出了校門終於決意不踏足聚會所。然而，二十年來，基督信仰始終未放棄。我的岳母仍在世時，全家祭祖、掃墓或到廟裡上香回來，她總要爲我這個異教徒，另煮幾道未曾擺供的菜。有些費工夫的，例如烤麩、黃魚羹，一定預先留一碗出來。一家人也從不在意我是否拈香、跪拜。他們尊重基督教不拜偶像、不吃供食的教規，曲意呵護我的感覺。對於我肯進到廟裡，心存最大的感激。

其實，我在念中文系時，翻閱過《景德傳燈錄》、《六祖壇經》，略知佛門義理，並非與佛無緣之人，只是根深柢固的基督信仰先已植入心中，未嘗有改信的念頭。

一九九九年深秋，面對蒼茫浩嘆的劫後湖山、殘破的玄奘寺，鏜鏜悠悠的鐘聲像一串探照燈，打開了我心長年封閉的暗室。「爲何不信佛教？」「爲何不與紅媛同一信仰？」「既曾爲岳母的佛心感動，既然早已對教會的信心不足，爲何不能就此皈依？」

我遙遙想著一千三百年前西行五萬里求法的玄奘，他立志出家於隋末天下大亂之時，違禁偷出關去，掙扎於水竭糧盡的沙漠險境，在那爛陀寺融會大小乘學說，恢弘聖教。因爲玄奘，中土佛學之路才有了枝葉繁茂的綠蔭。這樣的思慮像一縷流泉流過心頭，眼前瓦礫遍布的玄奘寺無可參拜，當下我只能向著暮靄慨嘆：九二一的災難竟是我信仰的發明！

難怪有人說，世界上最偉大的發明家，是意外。

二〇〇三年夏天，邦兒的意外引我去到靈鷲山「天眼門」，那是另一座爲我而開的山門。法用法師一路陪伴，在山腳的聖山寺，恆觀法師領誦《金剛經》、《心經》，然後是華美高亢、悲蘊其中的〈迴向偈〉，「願生西方淨土中，九品蓮花爲父母，花開見佛悟無生，不退菩薩爲伴侶」，一把火化去牌位、化去香枝、化去十五萬遍的阿彌陀號。

無數次，我仰望鷲眼造型的山門，緩步踏入無生道場。在安單的寢室下望新建的「華藏海」大樓，如峽谷的綠色山坡迤邐向海。遠海迷濛，有舟漂盪；近處是海浪與礁石沖激迴湧的水花；朝曦初露時，沙灘與海交界處滾上了一條金環。

短促的人生多像感熱牆上的手印，因熱度而留印，隨即因熱冷卻而手印消失。宇宙間沒有恆存的東西，即使是恆星，也還會發生激烈爆炸。一顆恆星垂死的光芒，傳到地球要經過幾千萬年，爆炸是一瞬間事，爆炸的光幾千萬年傳送而不滅，則是永恆。世間之理亦如此，山門既是入口之處，也是告別之處。七年前在日月潭玄奘寺告別從前的我，四年後在無生道場告別今生的我兒。心道師父說：「靈鷲山是無憂的山，天眼門是解脫的門。」這話聽來容易，但這話不是給聽的，是要定慧修習的。

上個禮拜，重訪玄奘寺，在大殿遇見一位常住法師，他指著庭中巍巍高聳的冬杉說，

〈色即是空〉葉紅媛油畫，2005

綠色顯示生機，有盎然的喜悅，又說冬杉容易長，五、六十年就能拔高成三十幾公尺的大樹。他教我「觀想」，我於是在山門下靜靜凝望這棟重修後由正紅、金黃、純白三色配搭的木結構寺院，翹脊飛簷懸掛著小金鈴，矮牆馬背鋪著魚鱗瓦。寺院右後方遺下一截當年的地震斷牆，裸露出紅磚內胎。山門外除一對馱經的石象，還有一塊玄奘法師的傳碑與西域行跡圖。

與七年前相彷彿的夕暮，我凝望著佛寺歷歷在目的景物，漫想起《洛陽伽藍記》「高風永夜，寶鐸和鳴，鏗鏘之聲，聞及十餘里」的句子。這一次再見山門，雖仍有愀然之情，畢竟心念已重生。行到鐘樓前，再一次撞鐘三響，鏜鏜悠悠，整個山野都爲清澈的流水環繞，一輪空明之月掛在天際。

——二〇〇六年七月十九日寫於日月潭

原載二〇〇六年九月號《聯合文學》

你所不知的軌道

我三歲就離開出生的花蓮，搬到彰化，十六歲參加救國團花東海岸健行隊，才從西部迂迴台東，第一次回去。在衆多的寒假營隊中，會選上花東海岸健行，想來是受一莫名的磁場牽引。

孤單地，一個人踏上遠途，坐燃煤的火車，穿越陌生田野，到高雄過夜。第二天改搭公路局班車，經山海交接的南迴公路，傍晚至台東鯉魚山報到。

從台東到花蓮，一路上盡是風吹潮湧、浪花飛濺！同行者的笑聲一波波，也像海。我背著簡單的背包，像低飛在海岸線的鷗鳥，偶爾駐足，撿食一點浪沫殘餘。

隊伍抵達花蓮前，在八仙洞看到一尊石雕佛，方面大耳，慈眉善目，祂的身後是一女性器官般的狹長山洞，爲叢生的藤蔓與灌木半遮覆。坐著的石佛約與我等高，當年篤信基督教的我，意外地受到佛頭純潔似孩童的容顏吸引，我請人幫我拍下那趟旅程唯一的一張身影。

深邃的山洞藏有大地書寫的人文、大母生殖的隱喻，也彷彿我出生的遙遠記憶。你始終受它牽繫，那條你所不知的軌道！我相信，這是三十年後我發現山海間最美的寺院——無生道場的伏筆。

——二〇〇四年四月十五日作

原載二〇〇四年七月號《文訊》

〈師父〉葉紅媛油畫，2006

台北行

從戲院出來，開車載家人沿忠孝東路向東行。康兒問去哪裡？我說，走走看。台北假日到處是鴿籠裡放出來的人，出籠之鳥飛在壅塞而不清爽的視野中。

要去哪裡？紅媛也沒主意。十分寮、地熱谷、圓通寺？她在台北住了三十年，去一處，即在心中淪陷一處。前仆後繼的人海使得山水終於沒有防線、沒有退路可言。

穿過打橫的建國南北高架路，在「義美」對面可以看到剛剛落成的一大片國宅，一樓商店已搶先開張。過復興南路則是東區老字號的「頂好」。記得十幾年前我第一次和朋友到坐落此區的愛群商場，街道兩旁樓廈並不密集，寒冬，風過處，灰藍的天空、路樹掩不住瑟瑟之意。台北仍是西門繁華的天下。如果說西門町好比梳油吹燙的大分頭，那麼，這裡的新興，還只能算是平頭，仍看得見一根根青森的髮樁。

中心診所對面那家西餐廳以凸懸的人頭塑像做招牌，霸俗搶眼，果然引得康兒注目。

「爸爸，你看——」他指著說。向前，過敦化南路，是目前走紅的「統領」段。在喧嘩嘈雜中，車子一部跟緊一部，行色匆匆。穿過光復南路，再前，左轉，上基隆路。走的是內湖方向，其實心裡還在猶豫。

經大湖公園時，只見園邊停滿了各型各類的機動車；園內風箏滿天，像趕集似地。這樣的場所，當然不理想！從東湖國小折回頭時，乃決意繞大直到圓山。高處可以遠望，黃昏中料應有特殊情景。

太陽西斜，基隆河從東邊流來。自圓山飯店廣場憑欄下視，大直橋以西，河水癱瘓，不見流波及蜿蜒的曲度。台北市兩條高架路比肩奔馳到這兒，轉接上高速公路，車子御風而去，北基隆，南高雄；康兒有趣地比劃，推算每分鐘穿越眼前的車子約有兩百四十輛。中山北路少一些，但也多達一百五。山腳下總是車聲，聽久了，渾合一片，竟似七色圓輪旋成一色。

其實細心收聽，不難分辨：背後是大人小孩嬉戲的聲音，遠處工地有鐵鋸磨擦、錘鋼釘、打樁的聲音，人工心臟般的律動著。北淡線火車短短十幾分鐘通過兩列；輪子伸出並已亮起燈的飛機，垂首展翼向左下方松山機場下降。三十年前我第一次走進的市立動物園，現已遷往木柵了，圓山只留下我叩訪台北的第一個夢。那年四歲，隨父親北上，得出手闊綽的一位長輩接待，住在離火車站不遠的一家旅館裡。主要的活動，不復記得，但依稀有套房、抽水馬桶、彈簧牀、上下樓梯、地毯的印象。清晨醒來，玻璃窗外一片天光，也許還有鳥語吧，那種奇異感似從平地瞬即升空，寤寐間有夢醒邊緣來回的不可置信。童稚的我藉故上廁所，爲的是拉沖水繩，「孔隆！嘩——」又愛又怕。看那股水疾沒而下，卻清得比村裡的井還乾淨。走慣石子路的腳踩在地毯上也有行雲飄飄之感。

像這樣，第一趟台北行，記憶是點狀的、後設的。儘管知道去過動物園，但園內實景卻又一片空白，除了買的一疊獅子虎豹的「劇照」。

「五〇年代前期，台北火車站附近已經有高樓了嗎？」我問紅媛。早年她家住許昌街。「好像有五層高的樓房。路上的車少多了。」她說，那時，忠孝西路中央安全島是草地，小花圃般波浪形的欄柵，小孩一跨就到對面去了。她家在現在的希爾頓飯店後面，磚瓦小屋，方場上麇集了一百來戶人家，巷道窄得僅容一人行。那世代的色調是暗灰系，城鄉差異不大；人的步調舒緩，口氣親和，即使是在台灣首善之地，三輪車還是滿街跑。夜間就停放路旁，鄰居戲耍的小孩可以自由上下。賣煮米粉的攤擔，不必惡狀地與人爭位子；雜貨舖陳售油鹽米麵等民生必需品，容許欠帳；叫賣「ㄅㄠˇ子，ㄇㄢ　ㄊㄡ——」的聲音定時溫熱地傳來。二十燭光的燈泡，夜晚亮在每一戶人家屋裡，門雖設而不關，任大家走串，有時更有糕餅共享。

很多事物，紅媛已沒什麼印象了，現實雖然切近，但她當初未曾留神去觀察。回想我自己，直到七〇年代初，台北對我卻始終是個迷濛曉霧未開的夢。

初中畢業，一度想到台北考學校，卻因找不到伴而作罷。隨後在台中念書，每天讀報，每天也關心台北的藝文消息，心想一旦有機會，到台北，管它聽個夠、看個夠。

一九七三年春，因緣北上。午後，搭乘慢車；燃煤的、擁擠的列車「傾隆——空隆」，單調乏味如過山洞。入夜，停靠桃園；然後緩緩地，鶯歌、山佳、樹林、板橋，終於晃到台北。從萬華開始，燈火更加流爍。

「台北沒有我，但我確實是在台北」，真有點像沙穗〈失業〉一詩所描摹，那時人在中華商場，常有摸不清頭尾的感覺；獨樹一幟的「中國書城」，要邊走邊算第幾棟，才找得到。

「江聲浩蕩，曉霧初開」——細算來，眞正安身台北，是在木柵教書，閱讀《約翰克利思朵夫》那年才開始。租住六張犁嘉興街，門前有一條水溝，對望山上是墳場，臥室窗外一家豆腐坊，路口的嘉興公園尚未整建。十年後，再路過，原先像是座標的小理髮店已不見了，聽說水泥公園矗起過又被推平；趙滋藩先生夜歸獨酌的小吃店也早關了。路相大變，「清溪洞口」已難尋。每當懷念起那個地方，彷彿又聞到窗外飄入的磨豆打漿的清香；燈徹夜不熄，工人低聲夜語，半夜醒來，予人年夜的假想。若提壺去買，他們只隨意收個五塊、十塊錢。

隱約覺得，自己逐漸也沾上了一些台北人的習染——對生活熱中，注重得失；對一般文化活動並不體切關心，卻時常有機會接觸；並且因爲交際頻繁，對於人的感情反不太放在心上。

兩年後遷到興隆路二段，緊鄰榮民製藥廠。舊的下水道被泥沙堵住，新的尚未施工，一碰上大雨就淹水，有時浸至膝蓋以上；多有褰裳涉水而過的經驗，那時我與紅媛剛結婚。不久三遷三福街，在羅斯福路五段處。一家汽車教練場挨著巷子尾，一家織染廠不歇地飄出衝鼻的化學味。橋邊那幢獨門獨院的建築，怕已有三、四十年歷史了吧，朱漆的大木門夾在蒼苔與綠藤披覆的圍牆中央，院子裡有一棵榕樹還有一叢竹，青幽幽地帶點「侯門」氣派。在我們搬離前，沒有什麼改觀，但近幾年，織染廠搬走了，原是石棉瓦的廠房搖身變作一棟棟有電梯的七層華廈。只有汽車教練場邊上一排美人蕉，依舊寂寞地伸長著頸子。

一九七七年冬，第一次買住屋，選在警察學校附近，時興隆路正大興土木，有一時期，連公車都不通。木柵多雨，路上泥濘的日子很多，老舊的光陽一百以一檔在泥漿中拖斷過兩條車鍊；防了車身打滑就顧不了褲腳沾泥。後來想出應變之計：進入「沼澤帶」前，鞋子外先各套上一個塑膠袋。興隆路，前後大概修了五年，曾經恨它像恨身上一根爛腸子，但竊喜終究有了棲泊的家，樓台遠眺，一頭遙向仙跡巖，另一頭伸向指南山；台北居，並不如早前預料的難啊！社區住戶生活水準雖不高，但空氣尚可，電器、理髮、文具、餐飲的小店皆備，環境品質不差。

談到台北的變遷，東區鼎盛應是近兩三年之事。我在所謂的「東區秀」正式上演前一年，搬到延吉街，目的是爲上班方便。購屋當時，房子在一條死巷裡，屋前且有一灘荒棄的泥塘，屋後是違建的修車行。但過半年，巷道打通，前後起造高樓；不久，大型書店、西式自助餐館、牛肉餅店、服飾公司、戲院、畫廊、休閒中心，卻如春筍般同時競生在附近的忠孝東路上。一公里長的路段，置藏了許多五花八門、五顏十彩的東西。踢踢踧踧，白天晚上，有必經此路的人潮，有無事而來閒逛者，還有機動性攻下紅磚道的小販，加上汽機車的喇叭黑煙。我有時會納悶：哪來這麼多人，莫非一支支現代化的、荒謬的遊行隊伍，走也走不完？

耳根永遠不得安寧，每天早上在書房裡，即使關緊窗戶也阻擋不了四面八方傳音入密的威脅。活動向樓閣發展，呼吸向冷氣發展，眼光向螢光幕發展；失去綠野和土壤，是都市人最無奈的悲哀。不過，也許住得更久一點，凡事就都慣常而麻木了。就像此刻我站在圓山的坡上瞭望盆地市中心，分不清是暝色入高樓，還是游塵滿天空——台北的夜即將登場。燈火盞盞亮起的地方，我多麼願意它仍如我四歲初履台北時所埋藏的夢境一般美好。

——一九八七年五月二十一日作

原載一九八七年六月十四日《中華日報副刊》

始見太魯閣

山林何嘗需要人的造訪？譬如我來的這天，初冬微寒，清冷天氣，峰嶺毗連呈倒A字型或H型，一時很難分辨，滑行的霧舞踊如無聲的潮水，一會兒聚攏、緊裹住她鮮綠的胴體，一會兒又掀開一角精細琉璃的石壁。像是有些訊息要發生，在這裡，又像沒有。但可以確定，所有的訊息也像時間一樣，自然地變化著，無需傳達給人就已經完成了。

坡地旁有幾棟竹編草覆的山居，桂竹與楓香環圍，低濕的地方遍布奇形兵刃狀的蕨草和藤蔓。海拔三百公尺這塊台地，長寬數百米，面塔山北麓；過立霧溪往北，相對者錐麓山。兩百年前泰雅人從中央山脈西側翻越過來，發現了這個宜於多音節歌言、回音跌宕之地，他們歡呼道「布洛灣」，流水一般的生命深深地打入了礫石層裡。兩百年後，我默然凝視他們側臥水邊堅忍黥面的圖片，一長串山豬顎骨，還有狩獵用的箭鏃、農耕用的鐵耙與石鋤……心中了無根觸之悲，這一切原只是因緣罷了，是大山孕育的一部分，是峽谷發祥的一部分。彷彿，我看到泰雅女子在溪邊洗麻，在樹下編出寶藍鑲紅的織布，她們背著黃藤簍子走在蘆竹傍生的小徑上，採摘無患子濯洗烏黑濃厚的長髮；肅臉的泰雅勇士，站在挑高的瞭望台上偵伺敵蹤。他們的信仰單純而不易崩毀，似越嶺掘鑿的山巖步道。

蛇鷹孤獨地隨大氣盤旋。蒼涼的部落族群呀！布嘎亞（出草）、布嘎亞，到處是慓悍的聲息；有人麻嘿唷（立）、有人麻大個（臥），有人穆加拉洗（喜）、有人穆煞盎（怒），天神主宰麻漢摩茲（罪）、祖靈管轄不辜鐵拉（罰）……跌即呀茲古（山）的巴茲巴哈（花）呀，在什麼地方就吐露什麼新芽！

十餘公里外巉巖急湍推遠的河口，爲夜所遮擋，是否正裸身在青黃的弦月下？我蹲身屋外燈火不及之地，猝然聽到雄亮的叫聲，是黑蟋蟀在深秋的風中找尋夜的安慰，牠在一塊石板旁的草叢，體色晶黑，姿態果敢，頸處分劃兩撇金。當牠兀自以翅翼上的音剉震動發聲時，不意吃我手電筒一照，楞了兩秒，停下，再發一二試探長音，終於還是抽身鑽進土洞裡。我坐在山中，在多情的風裡，但牠不再現身，只間歇悶悶發出一二焦慮的短響——也許還是不甘吧，不甘於昆蟲的世界多出了人來。

九芎的黃葉無風自落，山芙蓉的紅花不爲什麼地開著。行走於太魯閣國家公園內，我從未像現在這樣，能以較閒散的心情去體會人和自然。遙感南方邊界上立著的是，圓峰聳起、脊稜平高的得其黎主山，表出其上者，殆爲磅礴鬱結的太魯閣大山。當我橫涉立霧溪時，赤足在激流的滾石上，眞正領略了天地的暈眩。沙卡礑溪谷金沙點點的石塊誘引過多少淘金人啊，趴附在水石上的蛤蟆蝌蚪，卻總是浸沐在藍寶石一樣的水光中。水是無止盡而充滿力道的，只有負手俯仰於其間，才驚覺斷崖摧削的燕子口、九曲洞，已經過四百萬年了。

啊——啊啊——烏鴉在狹長的空谷測試風向，石隙間怒生著星花般的玉山佛甲草。近午時，一隻黃黑相間、頭鑲月牙紋的大胡蜂來到我眼前，死去多時、螫針猶在，身子略微蜷曲，乾枯如草芥。胡蜂是屬於這座山的，鴟鴞、蜉蝣都是，但人不屬於！炮打石碎的年代，人在山頂爭殘染血，且慣於指責蜂的攻擊、獸的攻擊，不願承認牠們是被攻擊。當山豬遇到人，當人遇到豹子，誰躲誰？人喧車吼、鳥稀魚絕的年代，獼猴往更高的山裡藏居，鯪鯉科的穿山甲消失於山原，黑熊只留下牠的排遺供人尋思。原來越是生息豐富的地方越不容人侵逼；當山林橫受侵逼時，才不得不需要人來保護管理。比起曾經長據高地的攤販、一波波挖空心思設陷的獵人，還有那非國家公園所屬的觀雲山莊管理之無狀，我之登臨山、走近山，竟是一番沉思禮讚的善緣呢。

記得，中橫初闢的年代，父親與他的夥伴曾一同攀爬洛韶、碧綠，懷著冷杉心情，斥候探路，他嘗食過苦澀的櫟果嗎？遠眺石苔，更高處是一整片玉山箭竹，長空下，也有獸的鄉愁吧！而今，我佇足雨霧山頭，舉家搬離花蓮三十餘年後的今天，再次感覺到這裡的山水割切的痕路，如同人的命運。林道落難的那隻金背鳩，羽色光燦能奈何，緊閉的紅眼眶獨獨掩住一團謎。

一切在可解與不可解中……始見太魯閣自然界之雄深奧祕。

——原載一九九一年十一月二十七日《聯合報副刊》

中國人子

七十六年（一九八七）冬天政府開放探親，八十歲的父親立即著手返鄉的準備。距民國二十六年他離開四川，已整整半個世紀。

大陸淪陷前，父親在武漢、上海，有兩次決意回川，但受阻於戰火，都沒走成。他母親的死訊傳來，他在戰壕裡痛哭一場；輾轉獲知妻子改嫁時，則已莫可如何地麻木了。他覺得「家亨」這個名字是一大諷刺，乃決然改名為「聯科」。父親後來在山東膠縣娶我母親，在台灣把六個孩子養大。他走遍中國，像日像月，像由不得他的急弦悲管。

七十七年五月父親指定我陪他經香港飛上海轉重慶，然後乘江輪東行抵川東的忠縣。啓程前，他給瞎了眼的姊姊買首飾、衣服，還帶了錢。姊姊是他童年的玩伴，政局變動時曾因他這個國民黨軍官而受批鬥。一路上父親情怯而欣喜地形容陳家山的官馬大道、茶店、藥舖，整座山都是黑沁沁的森林！他還說：「你代表孫子輩到你祖父母墳上磕頭——」

父親的歸鄉之旅是快慰的，我原以爲。後來發覺全錯了。他姊姊早已逝世，甥女因渴望見面而瞞哄著他回去。長江黃流滾滾，陳家山的樹已砍光，寬闊的石子路變成羊腸田埂。父親在一座沒有碑的土墳前點燃鞭炮愴懷哭倒……雨中，他坐在臨時綑成的滑竿裡嗚咽不成聲……江輪出三峽後，他變得沉默。我不知如何撫平一個老人的心傷。至宜昌附近的葛洲壩，我拉他出艙站在船舷合影，時爲民國七十七年五月二十三日。我摟著父親肩膀，心想：如何代償這個時代所虧欠予他的？我能嗎？

——原載一九九一年八月號《文訊》

我的刪節號

父親老了。最近幾年他很少往孩子家裡跑，假日我們回去想拉他外出，也總推說：「那地方有什麼好玩的，不如在家舒服。」逼急了則蹙眉笑道：「走──走！你們都去。我留屋裡看門，準備晚飯……」

我記得小時候，父親常「神機妙算」在外頭找到因故遲歸的我們，來去健捷，彷彿不費力氣。印象較深的兩次，一次是碰上單車壞在半路上；另一次是背著書包和同學一道去看野台戲。

已經二十多年。當時學校離家約有四公里，一條高低不平的石子路，車子從跨騎上去，一路震動到底。有一晚補課回家，單車手把的支架不耐震突然斷折，我只得慢吞吞地把車身拖回村口的修車店。大約晚上七、八點鐘光景，修車師傅正吃晚飯，等了一刻鐘才開始動手。感覺天愈來愈晚了，晚飯沒吃，倒不覺得肚子餓，深怕父母擔心這事較嚴重。

他們會不會出來找我、會到哪裡找呢？窮鄉沒有電話，也許兩方都只能乾耗、乾著急。——就在這個時候，不料父親竟出現眼前！他怎能越過整排的魚塘區知曉我在這兒？我沒問，他也沒說，神情憂愁又慈祥。付清修理費用，我牽車與他一道慢慢踱回家，月光映在塘面上，天宇靜靜地，只有兩雙腳步聲一大一小，和二十四吋單車輪胎緩緩滾動的聲音。我聽到自己的心跳已經規律，全不似先前那麼急了。

被同學邀到遠村去看野台戲那回，才念小學二年級。連著好幾日的大拜拜，同學家炸了一大堆油炸果，我們一面吃一面在人堆裡游竄，廟前廟後煙蓬蓬鑼嗆嗆，好不熱鬧，天黑了也不管。直到老師帶父親尋來，一隻大手輕覆在我頭上：「要出來玩，怎麼不先跟爸爸講？」我才哇地一聲哭了。鞭炮連緜不斷，父親的神態變化和他說的話，不復記得，煙蓬蓬鑼嗆嗆那年，全台灣都還很純樸，沒聽說有誰家的小孩遭綁架。但公共汽車入夜就停駛了，只能步行回家。鄉間的夜晚，父親領著我，又一次在我生命中寫下了回味無窮的刪節號。

細味兒時，父親對孩子的信任，最教人感到溫暖、安全。在那個惡補教育的時代，他管教的話語不多，即使是全校模擬考的成績，孩子怎麼說他都那麼相信。這使我在心理上有充分的時間與空間可以設法補過，養成了一種自己對自己負責的習慣。

我也漸漸體會出：越是永遠的情景，越不可能重新來過。從前與現在對照，父親給我最直接的感受是，他老了、易疲倦，得空就必須小憩一會兒。可能心境也老了吧，我常想，八十年生涯在亂局中度過，有太多景象需要他一個人慢慢去咀嚼，沒有任何人能鑽到他心深處去分享、分擔。因此假定父親仍喜歡到處走動，我的生活也能再閒點，我不知童年父子攜手未說出的那種感覺還能追回嗎？

——原載一九九〇年二月號《幼獅少年》

別後消息

張子良老師入住佛光山，轉眼一年。這一年我未曾夢見過老師，日益覺得死生之間渺渺茫茫。

我仍能輕易想到老師的神情：一是完全健康的他，帶學生到鍾理和紀念館郊遊，面容豐腴、神態安和，那時他除慣穿素雅的白衣、深色的長褲外，也常穿有顏采的條紋襯衫。二是已生病而竟未察覺的前年冬天，我和黃光男學長在台北一家小飯館陪老師用餐，彼此都多喝了點酒，談興正濃，老師一洗平日灰撲撲的臉色，交代我在夏天把學位論文趕出來。最後的印象，是病中那段日子，不管在員林他姊姊家的閣樓、高雄醫學大學附設的醫院，或是杉林鄉老師的家，我多半是俯對病牀，我的老師皮色暗黃，雙頰瘦削，只突顯出一雙強自安慰人的大眼，透露搏命般的狠勁。

去年春節前，老師入院察知患了肝癌，採栓塞療法，輔以中醫調理，病情一度樂觀，不久卻迅速惡化，嘔血，昏迷，不到四個月就辭世。

除了最終的歸處，安放骨罈的塔位，是老師多年前厝放父母骨灰時，一併預訂的，此外，我細想老師一生，全是「身不由己」這四個字的寫照。連最後的喪禮，也在眾人七嘴八舌議論下，違背了老師屬意的只讓最少數至親好友送行的初衷，結果是酷熱天，一大群人熙熙攘攘，不管他欣賞的或不欣賞的，都擠在靈堂，他看重的或看輕的名字，都印上了訃聞治喪委員會。我在燠熱的人群裡茫漠地看著輓額輓幛上的墨字、只派一次用場的白菊花，裊裊的爐香如能牽引老師的魂到現場，我想，老師一定是搖頭不歡喜的。但也只能聽任擺布了。

老師年輕時，才學煥發，是師大學派古典詞章卓然成家者，他與張夢機先生選注的唐宋詞本，風行學府，修訂十八版。陳立夫曾有意擢拔他任公職，但老師「與世寡合」的生命情調不宜仕宦，終於沒有開展出「致君堯舜」之路。高師大成立國文研究所時，他受邀南下，遠離相知的師友，注定了後半生的孤寂。由於母親與妻子無緣，導致夫妻形同陌路、妻子遠走日本，此痛更是至死未休。個中因由、糾葛，旁人無從置喙。我與老師閒聊，談到抒情詩，常惘惘然想到他的隱忍之痛。例如他說〈蒹葭〉以季候之變、植相之變，反襯「伊人」的追求始終不捨不變時，我不知他心底有沒有在乎的「伊人」，如果有，又是誰？老師常舉東坡詞，碰上「十年生死兩茫茫！不思量，自難忘」的〈江城子〉，從他的神情也看不出一點有關自己的悼亡之感。但不論他如何把自己的傷懷聚攏到內心最深的一個點上，總是煙波滿目，掩不住的沉鬱。有一次他不知講哪首詩，吐出一句「守不住心，可守住身」的話，我心頭一震，漫想老師與妻子已分居十餘年了……卻聽他的話頭又回到柳永「立望關河，蕭索千里清秋」的「蕭索」上，「蕭索上承關河，下屬清秋」，老師這般強調，是否因他自己就是人生旅程上立望關河的人！

這一年，他一個夢都不給，我只能翻翻從前他教課用的書本，想念當時的情景。

古人曾以「一川煙草，滿城風絮，梅子黃時雨」，比喻愁煩之多。一意而三疊，一唱而三嘆，我想到老師時也常想到這句，因老師正是梅子黃時雨季離去。「若有知音見採，不辭遍唱陽春」，他評爲晏殊詞中風格最特殊者，莫非此句又說到了聚攏在他心上的痛。南下高雄以後，家事失和，知音不採，徒然顯得他不歡不群。辛棄疾〈元夕〉詞，描寫元宵節花燈如海，煙火如雨，寶馬香車夜遊，通宵達旦的歡樂，老師強調是反襯筆法，以極至的繁華，反襯獨自在燈火零落處的那人，他說，不知辛棄疾的孤憤，不能了解此作之懷抱。

「意倦須還，身閑貴早。」是老師與辛棄疾心曲相通處。英雄詞人身被讒言，三分之一的時光賦閒躬耕，卜居帶湖，帶湖新居即「稼軒」，稼軒即農舍也。一九九八年老師萌生退休念頭，開始尋農舍，從竹南尋到美濃，終於選定杉林鄉月美村落腳。起初他還在高師大國文所兼授詩學、詞學，旋因不耐蝸角是非，連兼課也堅持辭去。我一度擔心老師生計，又擔心他一個老人獨居孤單，幸有學生時常叩訪、相陪，老師也還能騎一輛五十CC的小摩托車遠征高雄市。原本期盼這樣的日子至少安穩十年，誰知一旦發現肝臟病灶，勢已難挽。

「辛棄疾所寫英雄人物，曹操、劉備、孫仲謀，皆分裂時期的人物，而非第一盛世如秦皇、漢武者。」老師在課堂上曾說，其言外之感慨爲：我們連這等人也都沒了。我的老師雖無法晉身學界中第一盛世人物列，至少還當得起隱逸學人受人尊敬，他力圖於缺憾中求完備，不像現今學院結夥只爲謀生的知識買辦，徒有驕横之心而無雍容貴氣。

去年二月，我到員林探老師的病。朋友介紹液體螺旋藻當偏方，我帶去兩個月的量。那東西太甜，老師後來吃怕了，往往要人半哄半逼才服。黃慧菁照顧老師最賣力，有時她急哭了在病房就打電話來求援，等我跟老師通上話，不料老師句句都答應一個好字，完全沒有慧菁所說倔強不合作的樣子。那一刻，我知道老師又把苦痛聚攏到自己心裡深處了，他只在碰上慧菁一個人照顧時，才把自己的疼痛、不耐攤開，而顯出「無理取鬧」的脆弱。

四月，他又進了醫院，我餵他螺旋藻，一半灑在前襟；扶他到醫院的地下室用餐，他腳步虛浮，十分在意自己的病態，林惠美與我安慰他是在牀上躺久的關係。看他像一具瘦弱的衣架子，勉力邁開小步，力持鎮定，極可能心中還一面默念左腳、右腳以規範自己的動作，我的眼角忍不住湧出燙熱的淚水。

五月，我的論文草稿通過學校初考，口試委員之一龔顯宗先生看出我寫作的倉皇，還有兩章未寫出，問道：何不延後一年口考？我說，這本論文的進度在跟老師最後的時日競速。龔先生大驚，託我帶一盒金線蓮茶給老師。當天日色將晚，我步出校門那瞬間，突然格外思念起老師，迫不及待想見他，遂打電話到杉林鄉。老師以路遠沒車不方便，阻我前去，又說，今天的初考他不能在場深以爲憾，等六月我正式口考時，他一定會參加，叫我趕緊回台北趕論文。我沒聽老師的話，先找好住宿旅館，隨即包了一部計程車，走高速公路，穿過月光山隧道及一大片菸草田，然後在一座小廟處右轉到老師家。當時有老師的妹妹和慧菁在照料，七點多他們剛用過晚餐。老師躺在牀上戴起老花眼鏡翻閱我的論文，一雙大手瘦骨嶙峋，一雙大眼掩不住欣慰之情。我的論文共分九章，緒論、餘論不計章數，老師輕鬆地說，實際是十一章，只算九章，這是謙虛。封面，我印上「指導教授：張子良博士」，老師指著博士兩字說，稱「先生」即可。他費力地花了十來分鐘翻看內文，對三、四處用字提醒我再商榷，然後，摘掉老花眼鏡說：「義芝，我以你爲榮。」

他的眼睛發亮，我緊緊握著老師的手，又不爭氣地掉下淚來。我知道老師是鼓勵我。但那麼不輕易許人的一位才子老師，怎如此措詞？是否老師的銳氣被病磨平了，傲氣被仰人照顧的感恩之心消耗了，徒然有一種來日無多的傷感。

我說：「老師，等我現代主義詩學的論文寫完，想重新研究古典詩，還要老師指導。」他說：「好。我給你出題目，你好好下幾年工夫。」我記得老師說過《人間詞話》評的都是小令，不及於慢詞，因王國維眞正對詞下工夫只一年。重新研究古典詩學，是我未竟之夢。由於計程車司機還在院子裡等，老師催我回高雄，相約下月見。

等我趕完〈現代派運動後的現代詩學〉那章，緒論與附錄還未定稿，驚聞老師又住進高醫，隨即大去，距我跪坐他牀頭、淚眼聆聽最後的勉勵，不到一個禮拜。宋祁〈玉樓春〉詞：「爲君持酒對斜陽，且向花間留晚照。」我與老師的因緣實在短，可是這段晚照卻教了我許多，人世間不能等待所有條件十全十美的際遇，一生能留下全心投入、永遠存在的當下一幕也就夠了。

我的老師，沒有什麼輝煌的形象傳世，在我心目中卻是一位反映讀書人風骨的典型。隱者隱於人倫，不一定追求自我完成，在人子與人夫的兩難衝突下，他的家庭倫理一半成一半毀，注定是一支撕裂的悲歌。

老師安住佛光山以後，我仍庸碌於日夜交替，對他的思念之情迅速轉淡，這般變化連自己都驚心。在老師逝世一週年前夕，我重新翻讀他選注的唐宋詞、金元詞，及我留下的那本不太專心的上課筆記，想著老師解詩的話：「最深的感性從最深的知性來。」「理在情中，人把情調好，理就出來了。」眞是句句在心啊。眞正通曉詩的人知道誰是高明的解詩人，如同眞正的修行人清楚師父的點化一樣！

在論文指導上，我算是老師的關門弟子，但怎料得轉眼間他連師門也關了，不僅這一年來毫無消息，此後也永不會再有消息自他那兒來了。

——二○○六年三月十四日作

原載二○○六年八月號《聯合文學》

與洪醒夫有關的記憶

他是一生難得的朋友！

他已去世二十二年。但十幾歲在校園相識，共組詩社的情誼，一旦烙印，就永遠烙印。

如果不是讀黃武忠新著《洪醒夫評傳》，我很久不去想我這位兄長了。

洪醒夫在校時是中師文風最盛之時。他似乎十分看重他帶起的文風，校刊找了寫散文的陳亞南接編；後浪詩社則交我主持。我依稀記得他在詩社主講〈司徒門其人其詩〉及〈蘇紹連其人其詩〉的情景，題目是我訂的，講義由我的同學黃天壚刻鋼板油印。在詩學啓蒙上，他是我最早面對面切磋的對象。

一九六九年他參加復興文藝營獲小說組第一名時，我和他還不熟；一九七〇年他二度參加以詩得獎，我才有機會接觸他，感染到一顆熱力四射的心。二十出頭的洪醒夫大量創作，大量發表，珍惜不多的文學獎參賽機會。他算是成名早的作家，參加文學獎，並非想建立什麼灘頭堡，多半只爲家貧賺取獎金。一九七二年我報名復興文藝營，創作比賽仍是他關注的焦點，他說：「去年陳亞南拿下散文獎，今年看你！」我報的小說組，小說落選，卻僥倖得了詩組的獎。洪醒夫遠從台中趕到台北淡水來見，沒什麼其他的事，純聊天，入夜吃了一頓小吃後分手。他在台北並無落腳處，旅館住不起，必須搭乘深夜的普通列車回去，抵台中應是第二天清晨。

暑假過後，我們一起辦了《後浪詩刊》。之前，後浪詩社只是校內的一個社團。《後浪》前期由蘇紹連主編，我負責送稿子到印刷廠。洪醒夫自謙不是寫詩的料，雖也用「洛堤」或「司徒門」的筆名發表詩，畢竟是爲情誼而共襄盛舉。他眞正用力的還在小說，不甚滿意的小說就用「馬叢」的筆名發表，領到稿費就拉我到中華路吃路邊攤。有一回，他點了一道活跳蝦，小小的河蝦泡在酒裡亂跳，我不敢下筷，他則用手一隻隻撈進嘴裡，一面喝著便宜的紅露酒，時而意興風發，時而鬱結難解。我飲酒的興頭正是那時培養出來的。稿費花完，缺錢，他也會向我五十、一百地借，我於是向別人借了來給他，他知道了又趕緊向別人借了來還我。窮困兄弟百事哀，大約是那個階段我們的寫照。

洪醒夫的重要作品，幾乎無一不處理窮困這一主題，人被逼入絕境，在窒息的氛圍裡顯露骨氣的宿命觀。那麼深厚的人道主義的小說當年不多人寫，現在更沒人寫得出了。但〈跛腳天助和他的牛〉竟只得佳作獎，〈扛〉也只得佳作獎，〈黑面慶仔〉仍然得的佳作獎……借用洪醒夫當年的語氣，叫人忍不住要嘟噥：「眞他媽媽的——」

隱地曾讚美他一枝筆寫什麼都順暢，我也覺得他的敘事魅力罕有匹敵，偏偏在文學獎評審會上有人說他文字粗糙。洪醒夫爲此頗爲自嘲，但一個敦厚慣了的人，你是完全聽不到他的憤激之詞的。小野、吳念眞、朱天文……等並時崛起的新世代小說家，當年每月獲得聯合報撥付五千元的創作獎助金，他倒是的的確確羨慕著。他十分需要這筆每月五千元的補貼，但一直到這專案結束，都無緣列在獎助名單上。

洪醒夫高我三級，因數學不及格而延遲一年畢業。在師長的心目中，他生活散漫無規畫，不是一個可靠的人，他追的女朋友L是我同班同學，不但未受到祝福，反不斷接到警告，洪醒夫去馬祖當兵時，因而不放心地託我照顧L。其實，我忙於考預官，自顧自準備繼續升學，根本沒理會這檔事。不像他盡心多了，在我遠赴台東當兵，而後又到台北，逢年過節不能回家時，他總是打電話甚至跑到家裡向我父母請安拜年，如同黃武忠說的充滿「關心與愛」。那是倫理精神可貴的實踐，也是一個小說家人格與風格的根基。

一九八二年夏天，洪醒夫因車禍遽逝，我曾翻出一疊他寫的信，「這些年，彼此之間有些沒有說出來的話，彼此也都能體會」，「偶爾想起應該給某人寫信，但往往也止於想想……」似乎才是不久前說的，此後卻永遠聽不到了！《詩人季刊》（《後浪》改版後的刊名）同仁懷著悵憾之痛，決定復刊，復刊第一期即出「洪醒夫紀念專號」，可惜過一年，我無奈地再度宣布停刊，原因是一九七〇年代《後浪》的詩心已蛻變，年少的情誼已隨洪醒夫之死而消亡，同仁各走各的路，還要聚合在一起出版一份刊物，十分勉強。畢竟一九七〇年代是一去不回了！永不逝去的只剩下大夥兒對洪醒夫一人的懷念。

時隔二十二年的今天，黃武忠以其作家慧心與學術方法，對洪醒夫做全面的整理與發現，又勾起我封藏許久的思念。重新評斷一位作家，我更清晰看出：唯有一流作家的作品值得流傳，也唯有一流作家的作品值得研究！

——二〇〇四年九月一日作

原載二〇〇四年十月號《聯合文學》

附章I

寧波女子

我喊她「媽——」將近九年。她不是生我養我的人，但自從我認識紅媛、結婚後，她與我繫成母子，卻成為生活中對我時常關切的另一個母親。

見她之前，已從紅媛口中得一粗略印象：她，五歲失怙，度日極苦，夏天與其兄沿街叫賣醬油，冬日則隨其母為人刺繡縫補，自幼練得一手好女紅。第一次看她年輕照片，覺十分眼熟，除了是中國舊社會的一位傳統婦人外，容顏上似乎還有一點特殊處。異日重讀《浮生六記》，欣然有悟，原來她相似三白筆下的芸娘：削肩長項，瘦不露骨，眉彎目秀，顧盼神飛；唯兩齒微露……而不同於書中女子的是，她未享浪漫之樂，卻獨深坎坷之愁。特別是夫君早逝，長留一人死後孀居的情愫，抑鬱無聊，自不免將纏綿悲傷時現臉上。

母子結緣八年多，我幾乎可以說沒一天見她開懷過。

八年前清明，一早我帶著兩株新成的櫻樹，趕往市郊寧波同鄉會四明堂墓園，種在未曾謀面的岳父墳前。那天天氣清冷，小雨如絲，我看到她仆地跪倒在碑前，紅媛的大姊、二姊和弟妹俱在身旁，香煙四散紙灰飄，恍然，她竟是平蕪盡處越千山涉萬水趕來，而終嫌遲的一縷寒素花魂。當時岳父過世有五年了。

我忍住淚回轉身看視野迷濛的山下，半腰一棵大榕樹，再下去一片芒草坡；視線拉平，是田埂縱橫的稻田，松山區信義路尾。《詩經》說：豈無膏沐，誰適為容？這不正是她的寫照嗎？她黑褂黑褲，臉上不施脂粉；久久才站起，用手背抹去臉上的淚水，招呼大家收拾祭物，回家。

她身體一向不好。早些年曾接一部分玩具、手工藝品到家裡做。起早忙晚，至多不過賺百來塊錢，但蹲身弓腰大半天，等想要站起來時，回回兩眼發黑一頭金星。孩子們看不過去，力勸乃止。每天，兩位弟弟上學去，她獨自守著靜室門窗，就一直熬到天黑。

性不喜外出的她，於是開始為子女外孫輩打毛衣。

日前風寒驟至，我拉開衣櫥，發現好幾件毛背心平整地疊放在裡面，一件鮮紅色、一件豔黃色，另一件是紫紅的，都出自她巧手，一針一線織藏住遲緩、隱抑、吞聲的歲月。

起初紅媛曾經勸她：

「媽，現在毛衣不貴，買來穿很方便，花樣又多……」

不料她嚴肅地說：「哪有自己織的保暖！」

「百貨公司有純羊毛、兔毛的，就很保暖——」

「誰說的！」她一扭頭上樓，拿下一大袋毛線說：「要這種粗毛線的才厚重。」

其實我們都知道，她的心理是念舊：懷念舊有的物品、舊有的時日；她怕變化，不願意往前看新的世界。

有一次，我們回家，看到她坐靠沙發，毛線球滾在地板上，棒針剛收，新打好了我的紫紅背心。

「來，穿穿看。」她滿心期待。等我套上頭，忙不迭地讚道：「ㄇㄟ　ㄏㄡ！ㄇㄟ　ㄏㄡ！（滿好）」

細問下才知道，這件，她斷斷續續打了一個月。精神已大不如前了。

後來紅媛不意在電話裡透露，背心肩胛處過於緊縮，我穿著有點綑住的感覺。她溫和回道：

「捎回來吧，我放開重打。」

隔了一陣子，我們還是沒回家。她不聲不響地，開始替我打另一件。

我不知道她為什麼要對我這麼好，是因為我對她女兒好嗎？——她的許多作為都像是還願一般，好像在人世緣冊上早經註明的。

去冬，當我慌亂奔回永和，最後一次，淚眼面對的，已是闔眼的她。我最後一次對面喊她，痛聲而喚不醒來。牀頭遺下長針交織的一塊毛衣頭，彷彿，那是她一生謹守的耕畝，也是默默交接予晚生貼心的一紙殘卷。

她葬在岳父身旁，去尋失散十三年的伴侶。時近臘月。台北山上，雨濕苔綠路滑。事畢，我摟著一身縞素的紅媛拾階而下，朔風野大，人子歸矣！猶記當年我娶紅媛過門時，她堅持要為女兒提新鞋，跟到喜車旁，看著女兒上了車，換下舊鞋子，她才拎起舊的一雙踽踽獨回；輕聲說再見，笑中帶著多少慘然落寞的情意啊！而今，唉！是蒼天在向我托孤了。

入冬來，由毛衣我又想起箱底還封藏的兩雙小兒布鞋。是紅媛懷康兒時，她為外孫預製的。盈盈一握，像襁抱中孩子的小胖手或小胖腳，長不及十公分，寬減半。一雙黃棉底滾粉紅邊，鮮紅緞幫，鞋腰繡暗紅梅花，鞋跟是同色蘭草，前方包頭部分用黃、綠和金色線繡的牡丹花；另一雙紫絨底滾寶藍邊，壓福字的雪白色緞幫，鞋前頭一株複色鬱金香。康兒生下來正逢溽暑，等寒冬需要穿鞋襪時，這兩雙小繡鞋都已裝不下他的大腳丫了。

從前腦子裡所想的，只束限在鞋的實用功能上，一直到她離去，才發覺它深含的紀念意義，從而體會到炊煮縫繡原是上一代中國婦女克己持家、無怨無尤的一門必修課。從這兩雙小小的繡鞋不也可以看出一位屬於四〇年代的寧波女子的貞靜和賢德麼！

削肩長項，紅媛猶似其母；惟身居八〇年代。人說三十年即一代，因時空差異，生活方式、價值衡量都大不同，這其間失落的，我想，必不會再回來了。然而我確知，曾經待我如親子的那位寧波女子，我的岳母，雖老去在萬里家鄉外的山裡，卻永遠活在中國倫理的光照下，我記憶的詩文裡。

——原載一九八五年十二月二十七日《聯合報副刊》

附章Ⅱ　試蹄的小馬

小男孩傻乎乎地站在茉莉花叢裡，身後是一棵矮矮的檳榔樹和一幢石灰脫落的土磚房，房簷下晾了幾件舊衣服。男孩望著遠處，微帶一絲童齡的困惑和不解。

已忘記這張照片是誰替我拍下。

時隔二十多年，前些日子，無意中自箱櫃裡找了出來。紅媛和我都覺得很有紀念價值，因此特將它翻照放大，夾在書桌玻璃墊下。

今晨，我在書房看書，猶未定下心來，兒子就又來敲門了。兩歲大的身高，已自個兒搆得著門把，可惜門反鎖了，他用上勁還是開不開。

「爸爸，開門！」他趴到地上，從門縫裡伸進一隻小手招呼。稚嫩的童音，無限焦急地喊：「爸——爸，開門！康康要進去。」

每回他進得門來，就捨不得再出去，總是從我座椅後爬上來，摟著我的脖頸，東摸摸，西動動，不停地問：

「借系（這是）什麼？」

同樣的東西，他可能一問再問，而不覺得煩。似乎深怕問完之後，你就會攆他走了。門開開，他與奮而赧顏地站著，親切地叫爸爸，看著你，走過來，然後——一「躍」而上，早忘了自己原是不速之客了。

「借系什麼？」果然，他驚喜地發現了那張照片，毫不遲疑地脫口問道。

「爸爸小時候的照片。」我指著相片裡的人說。

「是康康……」他皺起眉，慎重其事地抗議。

「是爸爸小時候。」

「不是爸爸，是康康啊！」

他堅持穿背帶褲的那張「小餅臉」不是別人，是康康。

我一再說明，他就是不信。二十多年無法倒流給他看，說什麼，兒子都無法將照片中的男孩和他眼前年近三十的父親，聯結一起。

從一歲學走路時，就看得出他聰慧、活潑，但碰上這事，卻固執得一時令人頭疼。

「小康」是他的乳名，奶奶取的，希望他健康快樂。

康兒出生不久，右眼即常發炎。在他五個月大時，醫生診斷是淚管腺不通，要我們帶去「手術」，越早越好。但是，做母親的惟恐孩子受罪，心有不忍，一直拖了四個月才又帶去見醫生。

那天，早上九點，醫生將一根大針插入康兒眼裡，他奶奶、媽媽和我三人輪流看護他，直到下午兩點抽出針來，其間五個鐘頭，他呱拉呱拉地哭叫不停，連喝奶時都會中途停下來，冤地哭上一會兒。那根針從眼角通入，順鼻樑而下，令人驚心。媽媽鼻酸，奶奶落淚。中午醫生和護士都休息了，診療室外剩我們一家人，時針搬動一格，彷彿一世紀般長。

一歲半以前，康兒都跟奶奶生活，眼疾好了之後，眼眶中清清爽爽，不再蓄著淚。雖然臉型遺傳父親的，稍微扁了些，但天庭寬廣飽滿，五官清秀，十分逗人愛憐。上翹的長睫，胖嘟嘟的腮幫，笑起來露出兩個漂亮的酒窩，使得小臉蛋生色不少。

自從他搬回台北來，小家庭突然開始忙碌起來——為這頭吵吃吵覺的小馬。日常生活的重心移轉向他，從早到晚，陪他玩，教他講話，還要注意他的大小便。一天二十四小時，除了他真正睡著以外，別想教人閒下來。電視機要扭，對講機要拿，茶几拚命地推……

問他姓什麼，叫什麼名字？他回答：

「陳顥真。」

「今年幾歲？」

「兩歲。」一面伸出食、中指，比個二。

「哪裡人？」

「四川人。」

「家住哪裡？」

「景美興隆漏（路）。」

咬音雖然不準，但是教過的話，日後再問起，絕不含糊。到兩歲生日為止，他會唱七首兒歌，尤其是「大象，大象，你的鼻子怎麼那麼長？」他左手捏鼻，右手伸進左臂彎裡，模仿大象的形狀，唱：「媽媽說：鼻幾（子）長，才——是漂亮。」唱作俱佳。

提起唐詩，譬如：「牀前明月光」「松下問童子」「白日依山盡」「春眠不覺曉」以及李白的〈下江陵〉，他都能琅琅上口。小腦袋瓜雖稱不得「博聞」，但確是「強記」。

「你要訓練兒子，將來也跟你這老子一樣學文啊？」有一天，他母親打趣道。

我摟著他，理直氣壯地笑道：「如果真像胡適一樣，學文有什麼不好！」

從實際帶小孩中，我了解，天底下的小孩，都有一樣的共性，譬如：希望得到別人的讚美、喜歡各種各樣的小動物、好模仿，以及害怕孤寂和暴力等。

康兒在這方面的表現，尤其顯著。

每次穿了新衣服、新鞋，總是四處走動，炫耀邀寵，兩手輕拍著胸脯，嘴裡說：「漂亮！漂亮——」直到你點頭稱讚為止，那種熱切渴求的眼神，教人心動。

每晚睡前，他都要聽篇故事才入夢。對故事中的動物最感興趣。講到小羊，他在一旁會模仿羊的叫聲「咩，咩，咩」；提到小狗，他就學「汪，汪，汪」；此外如猴子叫、小貓叫、馬兒跑路，他也能一一配出音來。聲情諧和，心心相印，說得起勁時，父子倆相顧大笑，十分有趣。

這個暑假開始，我們帶他回台中老家度假，爺爺奶奶送他一把電動的長槍，扣動扳機，達達達達。頭一天，他「嚇」得聞風逃竄，乖乖舉起手，聽命投降。過兩天，不知向誰學的，居然大聲大氣地說：「不投降！」

「太太來吃水果。」記得有一天晚飯後，我這麼對妻說。

他聽了立刻學去：「太太來吃水果。」一面說，一面瞇著眼，望著你，呵呵地笑。

康兒怕鞭炮，怕打雷，怕沒有點燈的房間，這樣的小膽氣，跟他媽媽很像，無乃父之風。也許因為膽氣不大，因此，犯了錯，倒能按規矩受罰，每回都是嚎啕大哭地「反省思過」。叫他立正站好，他嚇得一動也不敢動，等我把道理說完，下令驅逐，他才像驚弓之鳥，飛也似地奔向母親的懷抱。這當兒，早已涕淚縱橫，像一隻淋了雨的小雞。

在他小小心靈，或許覺得父愛不如母愛來得無條件、溫厚。

不知他曾否犯疑：

——為什麼剛才還充滿慈祥、愛心的大人，一會兒就變得嚴厲、兇暴了呢？

相形之下，母親的形象較溫柔、較統一，很少使他感受到恐懼、暴力。

有一次，康兒在一張大紙上畫畫，他隨意塗幾下，說：「這是媽媽。」問他：「康康呢？」他緊靠著剛才塗的那團黑，又畫了幾圈，說：「這是康康。」至於爸爸，一隻小手抓著奇異墨水筆，伸得老遠，在紙的邊邊點了幾下，正二八經道：

「借——系——爸爸。」

其實，大部分時間，父子關係仍然是親如膠漆的，有事沒事，他都不忘到我書房吵嚷一番，「奪」下我正在念的書，說：

「爸爸，不要念書，康康上街街。」

或者就要我陪他玩「騎大馬」、「躲貓貓」之類的遊戲。只要時間允許，我也盡可能陪他。以前，玩捉迷藏，我只要稍作偽裝、隱蔽，他就找不到了；等到兩歲後，家裡任何一個角落，都瞞不過他了。當他找著你時，樂得直打呵呵：「康康找到了！」手舞足蹈。找不到你時，就說：「咦，爸爸不見了。」隨後，用上一計：

「爸爸，康康要尿尿——」不知真假，由不得你不現身。小小年紀，已知「攻心」。

康兒照起相，有千種表情、千種姿態，看過的親友都嘖嘖稱嘆。小傢伙或坐或臥或倚或趴；有戴安全帽行舉手禮者，有摟著布娃娃心滿意足的樣子，還有吹蠟燭、切蛋糕的生日特寫，兩顆漂亮的酒窩盛滿了朝曦，無憂無慮，比起當年傻楞楞站在茉莉花堆裡的那個小男孩，時代真的是進步了。

在辦公桌上，我夾了好幾張他的照片，偶爾端詳一番。其中一張——

在鐵樹根前，他笑得多麼自在！綠油油的草皮，寬廣清新，綿延於金色的燦陽下。康兒穿著藍格子上衣、白短褲，兩手高舉歡呼，多像青青草原上一隻試蹄的小馬！

——原載一九八一年一月號《明道文藝》

附章Ⅲ

小記邦兒

邦兒長得胖乎乎的，皮膚白裡透紅，最是膩滑可親。在成人眼中，三、四歲的小孩，會走會說，不像初生時兩眼儘閉著吵奶、吵尿那麼淘人，渾沌清純，正是最好玩的階段。每晚臨睡前，一家人躺在大牀上聊天，他喜歡和爸媽擠在一塊兒，與哥哥爭著講不打草稿的故事：「從前從前……」然後海闊天空地胡編一氣，等接不上頭時，就說「然後——然後什麼（ㄕㄜˇ　ㄇㄜˊ）啊——呀，忘記了……」兩臂前伸，雙手交握在一起，顯出十分靦腆的樣相。

半夜，我喊他起來屙尿的情景很有趣。常常是我把他抱到馬桶跟前，他兩眼還閉著，我捏捏他醱麵餅一般的頰，說：

「邦邦，屙尿尿！」

「ㄕㄜˇ　ㄇㄜˊ？」他在睜開眼皮前，經常先回我這樣一句矇朧的話。

等方便完，回頭上牀，不定是俯趴在棉被或枕頭上，東南西北全懶得去分辨；有時還會中途迷路，走到我亮著燈的房裡或客廳，找不到牀，就蹲在地板上也可以又睡著。

「嗨！你走錯地方了。」這時，我總是忍住笑把他抱起，狠親一下，看他在睡夢中微露一絲笑意，憨憨地真是一點人世的機心都沒有。他無處不可睡是出了名的，特別在車上，做哥哥的就曾笑他：

「汽車是小邦的搖籃。」

從小，他和我就有緣，喜歡我甚於喜歡媽媽。原因是我跟他接觸的時間比較多——紅媛身體一向不強，生下老大康兒後，上班之餘，全神投入，陪康兒參與各種啟蒙活動，頭幾年操煩太多；等邦兒出世，她小心呵護的能耐自是不同於「第一個」那般，正巧我工作變換，在照顧孩子的時間上較能配合，因此邦兒上下幼稚園都由我負責；洗澡也是。不管我到哪兒，他老喜歡黏住我，甚至書房禁地也照闖不誤。出門則一定要我牽他的手。

紅媛曾翻出我小時候的照片與他比對，笑著說：

「你看，你們父子倆幾乎同一個模子。不過嘛——他做了多項改良。」她又看看自己的照片，「算來算去，他遺傳你的因子還是比較多。」

康兒反應機敏，獨立性強，在任何場所都起調皮的帶頭作用。由於差了三歲，相形之下，更見得邦兒溫馴和善、動作不夠明快。生活在一起，做父母的不免會有「失誤」的判斷，錯以老大之既有表現衡量老二，久之造成邦兒一遇「挫折」就形諸於生理反應。譬如他挨了罵或挨了打，一哭起來，不是頻頻要尿就是對著你不自覺地猛眨眼睛。剛上小班時，也由於這種自以為的挫折感，對老師、環境產生排斥，因而換過好幾家幼稚園。半年前，每早我陪他一起上學，在路上他總要東扯西拉一陣，賴著不想去，怯生生地一會兒說肚子痛，一會兒又說要到爺爺曾帶他去的地方，搞得我也跟著心慌慌地，全沒個準數。一直到他升了中班，世面見多，人緣變好，才脫離那段痛苦的掙扎期。

前不久，他姑姑結婚，帶他一道赴宴。餐後大人在休息室歡談，他一個人卻穿梭於禮堂，和正忙著收拾桌椅的叔叔、阿姨攀交情。過了一陣子，只見遠遠地四、五個阿姨簇擁著他一路說笑地前來，原來是阿姨們覺得他長得討人喜愛，相談有趣，一定要他帶著來看看他的爸爸和媽媽。到門口，他小手遙遙指向我說：「ㄋㄟˋ ㄍㄨㄛˇ——」摟著抱他的阿姨親了一下，嘟嘟嘟嘟飛奔而來，像個大玩具寶寶，引得滿堂哄笑。

——原載一九八六年一月號《學前教育》

附章IV 生在花蓮

花蓮，我初履人世的土地，記憶初形成時，卻又搬離的最早的家。如果說生活像個人的一部《水經注》，〈生在花蓮〉無疑是我所擁有的這本大書的開卷篇。

多年來，寫自傳或填作者資料卡時，我總在籍貫四川省忠縣後，補注上：生於台灣花蓮。四川是理想的認知，台灣是現實的經驗；古人騎驢入劍門的風神，固教我遙望出神，今人筆下一旦出現「花蓮」兩字，對我更有一種繫身的感動。

其實，離開花蓮時，我只三歲，牙牙學語，對人世紛繁的色彩懵然無知。花蓮印象之所以單一而持久，或許是因為三十年前生活的步子特別遲緩吧。

我相信我是記得的，關於花蓮。比如那棟木造平房：泥巴院落，木板矮梯，褐黃色的木窗框隨時間早晚透進不同的光影。簷下吊了一個鳥籠，鳥語細細碎碎拋下一串脆鐵。左邊靠馬路是當年的重慶街，右邊彷佛還住著三戶人家。門前一方菜園，兩棵粗壯的綠樹結著一頭尖的無名果；再往前是條河，對岸就是母親常去挖紅蚯蚓回家餵養小鴨的田野了。

母親生我前，父親已自軍中負氣退伍，該升的官到了別人手裡。既非科班出身，再熬下去也不會有太大發展，一轉念就脫了軍服。那時他心情惶惑，不言可知。愈急著找事愈找不到事，一晃大半年。每天，他從家門口走重慶街，彎廣東街……穿越熟悉卻乍然間就陌生的街道，不知路上究竟想的些什麼。

聽說母親那時除了與父親吵架外，就是一個人一面打著毛衣一面流淚。年輕的父親太看重朋友，家的包袱可以卸下，朋友卻不能拋。他的八成薪多數上了朋友家牌桌，飯也是在牌局間解決的。母親拖帶兩個會走的和一個還要人奶抱的孩子，向雜貨店賒欠米、麵。趁我在榻榻米上哭累時，趕緊到菜園澆澆水，順道摘一把菜回來。

空心菜梗炒辣椒，菜葉子煮湯。一直到我念師專時，母親還常常提起：「那時候哪有奶水？人一點兒力氣都沒有，為了下飯，大口吃辣椒。連稀薄的奶水都是辣的。常常你孜孜地吸著，突然就大哭起來。」

「缺奶，只好買煉乳泡了給你吃，吃得你滿嘴長火皰，頭上生瘡。」母親又說：「你現在皮膚不好，可能跟小時候那塊火氣有關。」

她笑笑地說，帶著疼惜。我閒閒地聽，覺得經過時光的過濾，一些滄桑反顯出人的清明智慧。但我知道，在當時，日子確是艱辛欺人的。

住鳳林的胡叔叔，與父親同過戰陣，過段時間來走一趟，手提幾個葫蘆或抓隻雞。他喜歡哄逗小孩，和大人漫無邊際地拉刮。母親說：「那時候我和你爸吵得很兇，外頭的人都以為過不在一塊兒了。」

「也許連他都這麼想吧！」母親指指另一間房裡的父親。她對已成家的兒子、女兒說這話，整整是三十年後的事了。「但我拖著幾個孩子，卻一心一意地。為了不落人口舌，你爸不在家，他朋友拿來的東西一律請各自帶回。」

不久，街坊鄰居也都認識母親是嚴氣正性的人，流言才慢慢少了。

關於父親講朋友，特別認老鄉這一點，一輩子都是他和母親時起爭執的一個暗坎。據我所知，父親自老鄉手中收受過恩情，卻也在老鄉手底栽過大觔斗：在抗戰後期的雲南，他曾經一位同鄉團長奔走營救，在傷口惡化時，逃過斷腿切除的厄運；但在初抵台灣的花蓮，錢財被騙，積累傾蕩一空，也是害在他最信任的同鄉手中。

那些錢大半是變賣首飾得來的，而那些首飾則是母親跋涉萬里山水「夾帶」成功的倖存品。為了金子，母親擔驚受怕，吃足了苦頭。最艱難的行程，一在浙贛鐵路線上，另一是從上海到基隆的輪渡。輾轉好幾個月，由春到夏，母親一直穿著一件厚厚的棉襖，首飾縫藏在裡子的暗袋中。她是徹底遵循財不露白這一原則的。有人問起，母親總託辭說患感冒，病了。那時她才二十一歲，來自膠東一個保守的舊式家族，與父親認識雖三年，實際相處的時間還不到三個月。父親身在軍中，所謂的夫妻相聚只不過是部隊從火線上撤下來時，白天或夜裡回「家」打個轉而已。在兵荒馬亂喘息的間隙，憑媒妁之言，定規屬天作之合！

母親匆匆離開她的家鄉，間關千里，跟定一個四川男人，就只能往前看不能望回走，她下的是一著險棋。我可以想像她在一搖三擺的、擁擠的車廂中臭汗淋漓，皮膚癢痛難當、形同坐監的痛苦。我也可以想像她在船艙中，如何於密不通風、處處是嘔吐物的穢氣堆裡存身。習性不同，鄉音各異，她要多麼小心才能在眾人不解，或許還帶嘲諷的眼神與試探性的話語中自保。她不計外形的邋遢，嫁雞隨雞，嫁狗隨狗，在一個個陌生的地方流徙。等待與丈夫重逢的信念，在她腦海裡必是堅定不移的。

有人為偷盜餅乾被拋下大海，有人為爭臥鋪成了仇人；而母親安然度了過來。她是分外珍惜這批首飾的。但為了幫助退伍的父親在事業上重起爐灶，雖不捨卻也毫不藏私地拿了出來。

父親將它如數變賣，交給一個合夥準備開餐廳的同鄉。不幸，館子未開張，那人即將資金賭輸，逃到山裡去了。結果父親親自「辦案」，又把他從山裡找回。

聊這段往事時，我聽得津津有味，心裡暗想著中央山脈山石當道、雲煙繚繞的所在。我不知路途多遠，父親如何佈線查訪？是陪同警察一起去的嗎？那人面對故舊老臉羞紅，還是另有一番爭執？當年父親才四十出頭；火車可通之處，想來不是什麼崇山峻嶺。也許只是一個再通俗不過的故事：在一個偏遠的小村子，一個口袋掏空的賭徒，背負了朋友的信託，悔恨而亡匿在那裡。

父親對「人不親，但一個『川』字親」這句話，始終是信守的。法院判那人坐監一年，當他被關進牢裡，失去一切朋友後，父親心頭的氣恨也已消盡；回過頭來，竟又給他送棉被，背著母親，為他親下廚房，暗遞飯食。過了十年，父親手中那紙債權證所登記的內容終隨時光以漫漶。失去的，一點也沒有喚回！又十年，他在台中買房子被建設公司騙走好幾十萬元，母親難過之餘再度提起這檔事：「唉，命裡主窮的人，一輩子都會丟錢……」言下充滿慨嘆。

離開花蓮後，不知是什麼因素促使父親決心從朋友堆中放逐，一頭鑽進彰化大肚溪口防風林的沙石堆。接受了新的宗教信仰，他開始本本分分地務農求生，菸酒牌全丟開了，也極少提軍中的榮華往事，早出晚歸，荷鋤戴笠，沉默得緊。花蓮種種，斷斷續續還是從母親口中知悉的。

「那棟木屋賣了七千塊錢，在當時，真是好價錢了。如果交給你爸爸去處理啊，恐怕五千塊都賣不出去。」七月在絲瓜架下，我們一面用手梳濾紅色、已熟爛的蘆筍籽，一面閒聊。葉隙篩剩的太陽光，碎花花灑在人的四周圍。軋水機滋滋唧唧地要使力才能把水一股股打進沖洗種籽的大膠盆裡。

「以前的鄰居，大概早就搬光嘍。」母親看著大哥說：「你那時喜歡和皮娃、大毛等混在一塊兒，書也沒像個樣子念。後來，大毛他爹得肺病，一家人先搬走。皮娃在美崙溪淹死，我們賣房子時，他們也準備要離開。」

母親說，皮娃溺斃那回，大哥也同去的。大雨過後，溪水漲高了，小孩子卻不知深淺地想游泳。

「你大哥那天衣服穿得多，笨手笨腳，有幾個釦子解不開，救了他。皮娃先下水，再沒露出頭來。岸上的幾個跟著河水跑了一段距離，開始著慌大喊。附近種田的人跳下溪找，但水又急又渾，哪裡找得到。淹死的皮娃，沖到海口才撈起來，滿鼻子滿嘴的砂，天都黑了，警察來做筆錄時，他媽哭暈過去幾次……」

像這樣，花崗山、明義國民學校、入夜後沿街叫賣的爐包，和電影《桃花江》、《月宮寶盒》的情節，時常出現在母親口中。點點滴滴，一張張舊照片似地，由於有許多充滿感情的聲音不斷潤澤摩拭，那個時期、那塊地方雖然愈來愈離得遠了，其實又永遠貼靠得很近。

就讀彰化新港國民學校時，每天上下學，我一路走一路轉頭望著平野盡處一長列聳峙的藍山，心知它就是中央山脈；如果能夠對直穿過去，即可到花蓮。山色愈遠愈淡，層次遠近分明；雲絮有時包住山頭，有時披肩游下。天氣晴朗，好像可以看到山上的樹石路徑，待凝神細辨去，蒼蒼染染，又實在遠得只能摹擬假想。冬天，山頭是雪白的；雨天，則粉粉地一片鉛灰。中央山脈恆常靜默不語地望著我，晨昏達七年之久。

一九六九年寒假，我參加救國團活動，首度回花蓮，回到闊別十三年的出生地。行前母親隨口交代：去重慶街看看我們以前住的地方變成什麼樣了。搬家後，她再沒回去過。

另外，她半開玩笑地要我去找當年那與父親合夥不成的人。

「他現在開了家餐廳。」母親說。

「唉呀，算了啦——」父親在旁邊聽到。

「算什麼？」母親搶應道：「你的小同鄉！孩子老遠跑去，招待餐飯總不會少吧。」

「吃那餐飯幹什麼呢？十幾年都過去了，何必再自找麻煩！」父親擺擺手。

早春微雨中，團隊抵花蓮。午後外出，我買了份市街圖到處走逛，沿著賣醃魚的雜貨鋪、一整條賣竹器的小街、鐵道邊的唱片行、檳榔攤，最後到海邊……入夜，山嶽愈形迫近海岸，海濤不歇止地拍擊著我的耳膜。花蓮多變，亦有其不變。我發覺「重慶街」這個舊地名還在不在，其實我並不怎麼關心了；對三歲就已離開的我，外在具體的東西無所謂擁有或失去，花蓮的意義恆在感情記憶，在當年落腳於其上的那個家和一些與我相親的人身上。

——原載一九八六年五月號《聯合文學》

輯 II

鐘錶館

北京故宮有一座鐘錶館，收藏各種款式的鐘，顯現古代工藝之美。當所有的鐘擺在一起，自然讓人感受到這是一座時間主題館。有的鐘底座有一玻璃櫥，櫥中坐了一人，上緊鐘錶發條，他會寫出萬壽無疆四字；有的鐘在頂上造了一池荷花，隨時針移動花瓣開合。還有一種鐘把鳥拴住了，不斷複製出清晨的鳥啼。

華麗鎏金鑲珠寶的鐘以各種匠人的心靈詮釋時間，以星月、流水的意象吸引現代人的眼光。有的鐘面在鐘體上只得百分之一大小，而且是俯貼在鐘頂之下，必須仰首像找一顆小星那樣才看得見。

置身鐘錶館，敏感者不免發出感嘆：時間啊，寄託了多少的夢想。往回走是曲曲折折的一條線，向前走是不著邊際的幻想。時間每向前一步，身後的線索也就更曲折、更長，把人推向更深的空茫。

——一九九七年五月作

金蟲祭

金龜子從鄉野飛到台北東區，對牠們這種族類來說，是要命的舉動！金龜子，長成不易，從卵化成蟲要四年之久。一點一滴，吸吮地氣，然後才生成一身一臉的黑金墨綠。

小時候，我住鄉下，常年在河邊青叢戲耍，與天牛、金龜子、蟋蟀、螳螂等昆蟲爲伍。抓到金龜子，掐斷牠的腿，刺進一支削尖的細竹枝，於是金龜子再怎麼振翅都飛不離同一定點了。當牠疲累歇止時，我們還連連地猛朝牠吹氣，直到牠再度打起精神嗡嗡鼓翅。

金龜子是卑弱的！牠唯一能表示的抗議就是嚇出一小灘臭屎。金龜子也是無痛無生命的吧？三十年前的我或者還那麼想。

去夏，我在頂樓油漆花架，一面揮汗一面感到手痠之際，不意聽到嗡嗡的蟲子飛翔

〈靜物 I〉葉紅媛油畫，2005

聲；起初以爲是野蜂子，因爲花台上種有桂花、九重葛、軟枝黃蟬。未料到是鞘翅類的金蟲。牠們先在油漆淋漓的花架間繞飛，隨即對準白色漆桶一頭栽下，近白者白，頃刻爲漆漿吞沒。那些低空穿行的，命運也好不到哪裡去，跌跌撞撞，八爪雪泥，沾黏狼狽，終致仰躺在地朝天打轉。

不斷有新的金龜子飛來，自願、自驅像趕淘金熱。那天早上，有十來隻殉身於兩坪大小的樓頂空場。不知是什麼東西錯亂了牠們的生命激素？是松香水嗎？竟不顧死活地從不知何方飛來，且不知應往何方，祭儀般墜落。是內分泌被誘引而亢奮嗎？四周都是高樓，牠們以往棲息在哪裡？無端地讓我想起童年看過的一部電影《六三三轟炸大隊》。

油漆濃烈的味道，在風中音樂般游走，我第一次感受到昆蟲之死與悲愴或命運畢竟有關。

——原載一九八八年四月號《文訊》

流浪的狗

想到街市中流浪的狗，就想到徬徨兩個字——擺在牠們眼前的是，生的未知與死的陷阱。流浪狗的眼神像流浪人。

古老的年代，狗原在大草原上奔逐，天生的利齒可以撲殺、撕扯獵物。但自從被人馴養，依附於人，習性日漸改變，本能日漸退化，英風颯颯的狗反而沒有屬於自己的家了。等色衰愛弛，或伴隨人事變遷，連侷促的一個狗窩亦將不可得。到那時，只好流浪了。

那天午後，我在忠孝東路與新生南路交會的快車道上，就看到一群流浪的狗，大大小小居然湊了六隻，牠們正試圖穿越馬路。狗不會看紅綠燈，在密集的、廢氣匯流的車道，天生的嗅覺也失掉作用；儘管行動還稱快捷，但「鐵甲瘋狗」比牠們更驃悍！

在不該搶越的時候，那六隻狗不知怎地，擠到了馬路中央，車流立時起動，一輛輛呼嘯來、飛馳去，沒有安全島可供牠們暫止，在滔滔急流裡，六張狗臉一起望向左，然後隨車而右，再面向左，再右……

秋意已濃，牠們站在颼颼的涼風中，索寞的心承受引擎聲強力的壓迫，軀體緊挨在一起。

我從行人穿越道注視牠們，落在四十五度角左後方。高矮不一的六個狗頭兀自謙卑地揚著，是同一家族的嗎？患難與共，那畫面使我動了眞情，我感受到的不是流浪的口哨聲，而是動物相依在一起所湧現的，有近於人倫的光輝。

——原載一九八八年四月號《文訊》

〈靜物Ⅱ〉葉紅媛粉彩，2004

桃花蝌蚪

蝌蚪在水中急速游擺，黑亮飽滿的大頭拖一條扁細尾巴，身體比例令人聯想到胎兒，又像一盒初溶的巧克力，盒底一晃，一顆顆各扯出一條糖線來。

從這頭擺到那頭，從那頭擺回這頭，時常又橫竄，或中途洩了氣不動，在一個水深僅兩吋的石槽裡，五、六十隻蝌蚪的世界像一座擁擠的幼兒園。

石槽注的水，準是前幾天下雨所積。至於是哪一隻青蛙懷春至此，一夜間吸滿月華，複製出牠的血肉和名字，就不得而知了。

如果今天不雨，明天不雨，三天不雨，露天的石槽將乾涸，那麼青蛙幼子來不及長出後肢就會夭亡。

怪只能怪投胎的命不好，沒有生在大水塘。張愛玲說平常人的命再好，不過是「桃花扇」，撞破了頭，血濺到雪白的扇面上，就那隨意灑潑的紅點勾出一枝桃花來。

石槽中的蝌蚪，還不知夠不夠勾一幅桃花圖。

——原載一九九五年二月十七日《聯合報副刊》

金魚的巴夫洛夫實驗

誰說只有狗會對人搖尾巴?金魚也會。這是我做巴夫洛夫實驗，觀察到的。

家中有兩尺半金魚缸一座，背景是一片海藍的墊片，上空亮著螢白的燈，白色碎石鋪在海裡，彩衣的魚四處游動。

通常我一天只餵養一次。也許太虐待魚族了，每次我人一靠攏，兩隻胖頭大腮的金魚總是集結在我眼前，尾鰭不停擺動，嘴一開一闔，還吐一顆顆信號般的圓泡泡。我在牠們急切的示意下，將飼料往水面一撒，牠們急轉身各自逐食去了。

等第二天牠們餓慌時，我一靠近，就又對我擺尾瞪眼。

據說魚是近視族，那麼，牠每一次反應前的刺激，可能並不是缸外的人，而只是逼近缸的影子。又說魚腦容量最少、最笨，但此實驗竟可行，則求生確是萬物的第一課。

——一九八七年九月二十一日作

〈靜物Ⅲ〉葉紅媛粉彩，仿作，2004

冬之光

天麻紫紫亮，光從落地門窗射進來，落在亮潔的銘木地板上。長條地板，板線分明，像畫了行間沒打細格的稿紙。

清晨的光——投進信箱的一封信，欲細訴什麼？

戶外下著毛毛雨，收垃圾的車轟隆轟隆剛壓扁一大車垃圾，開走。空巷飄著寒氣，我站在高樓門窗邊，看著柏油路面浸了一層水光的空巷，心想，誰會是第一個橫越我眼中的人？

麻紫紫的天空轉白，感覺氣溫又升高了零點五度或一度。清冷中，〈蘇爾薇格之歌〉像冰冰的夢，從星河左岸，飄過寂寞，這時飄到了右岸。歌聲盤繞，如雪原上顫跳的藍色火焰。

——原載一九九五年二月十七日《聯合報副刊》

鐘上的小人兒

突然聽到一聲呼氣，疲累的嘆息。然而，屋裡並無他人。早晨安安靜靜，只有從瑞士帶回的咕咕鐘「等、等、等、等……」規律地搖著鐘擺。七時，「等，咕咕！等，咕咕！等，咕咕……」七響，響完，幾個小人走出鐘面在樂音中繞轉兩圈。

那一聲嘆息何處發出？是鐘吧。

徒勞的「等，咕咕！」喊久了，也感到累嗎？——被時間壓得喘不過氣的司鐘的不老兒。

——原載一九九五年二月十七日《聯合報副刊》

玄武岩守望

澎湖桶盤島上，遊客少有至後山者。經一駐軍指引，沿晾曬魚乾的碼頭向西，攀石級而上，零落的民宅殘破，但建築的規制尚存，廳堂門楣有四個大字：系出東魯。

後山底下即是晴藍之海，在山海之間是神祇般聳立的玄武岩石柱。彷彿覺得它較古希臘羅馬的神廟擁有更開闊的天宇。後山叢生仙人掌、瓊麻和一種適宜金龜子棲住的合歡灌木。幾座舊墓石碑都清楚地標記是魯人之後。一座較新者是第六代子孫埋骨處，從第一代算起大約三百年光景。後代想必已遷台或移居海外。

桶盤的海，剩千年不化的玄武岩守望，祂們像是一尊尊神鐫刻到我心底。滄海桑田的感覺，令人慨嘆！

——一九八七年八月二十七日作

〈靜物IV〉葉紅媛水彩，2004

代筆

父親打電話來台北，要我代筆寫一封信到新疆。他作戰傷殘的手抖得厲害，不願讓受信一方再看到筆下不由自主的大字。

大哥大姊就住附近，但父親不要他們代筆，而指定住在遠地的我。我直覺是老人的不放心。

小時候父親指導我寫信，甚至由他口述、我筆錄：「母親大人膝下敬稟者」、「某某吾兄惠鑒」、「如蒙鴻訓，幸何如之」……各種舊式函札使用的謙詞、敬詞、問安語，我從小就在使用。那是父親放心的語調。那語調就像他那一輩人仍用心謹守的仁義、莊肅。

——原載一九九五年二月十七日《聯合報副刊》

書緣

很多書擁擠地站在書架上，用白眼看人。只有那些橫躺在枱面上的，才能輕輕鬆鬆地轉動黑眼珠。書不能自己選市集，決定它去留的是人。與它們打扮艷麗或穿著寒酸，當然有關係。

由於一向愛書，自己也有書出版，免不了常去書店逛。有一回，想挑一種好版本的《湖濱散記》，於是找到那家大型書店的西牆。一層一層的架子上標示著美、英、法、俄、西班牙……等國文學的字樣，找起來的確方便。如此分類，還有好處，用詩的寫法是：夜深時，書中的人若出來寒暄，彼此語言無障礙；愛倫坡講的故事，不愁史坦貝克聽不懂；巴斯特納克寫下的時代，更易贏得俄國心靈的憂戚。

我找到了梭羅，正準備轉身時，忽見店員小姐自美國文學架上把剩下的那本《湖濱散記》抽出，改插入俄國文學架上。此事令人不解。定眼一看，原來俄國文學架上另有一版式不同的《湖濱散記》。女店員將它的孿生兄弟找了來。但這下可好了：原本與海明威比鄰的人，換成與托翁同鄉，原本緊偎著的《戰地春夢》，改成《戰爭與和平》。

梭羅願意嗎？我趣想著：雪地能否種豆，不頂重要，問題是華爾騰湖怎能搬到西伯利亞去！

——一九八八年一月十一日作

資料室之夜

這間資料室有一百多坪，角鐵架七層，一卷卷剪報順序排列其上。資料分檢很細。玻璃帷幕的建築，空調不錯，聞不到爛紙舊墨的氣味。動手翻查，會發現：有的類別厚厚地有好幾卷，有的卷夾裡則只零落地擱上一兩張。

原因是，早年的資料不足，近十年的報導則很豐富。這現象除顯示資訊的大量成長，還代表人對資訊的重視，已懂得儲積、參考、類比。只是，有時會教人啓疑，「見聞」愈分愈細，人會不會愈來愈不識大體？日益地不敢演繹、判斷，而一例地以蒐集剪貼爲能事？

夜更深了，人更少了，室內安安靜靜。我把取閱的資料歸回架上，穿行在兩旁夾峙的書牆中，抬眼驀見一個相同的我，映在夜晚如鏡子一般的玻璃帷幕上，怔忡、疲累。

——一九八八年一月十一日作

誤讀

從外雙溪進去，沿明德樂園後面通往陽明山的路，假日車輛較稀，比仰德大道好走。有一次，我欲往菁山路，忘了左轉而誤入平等街，在一段上仰三十度的坡道，綠竹夾迎、山翠蔽空，偶有禽鳴犬吠自遠村傳入耳中，不期然想起桃花源之世。

那日因事趕路，不克勾留。越數月，又經該地，有意前往，則綠竹已微露枯黃，竹隙間偶現墳座。柑橘園中點點金黃雖照人眼目，但清幽浸水如婉轉鳥語的情境已不再。

那最初誤入的驚喜，哪裡去了？風景判然，僅僅是時間因素嗎？

誤入好比看電影《似曾相識》，無意中聽到的迴盪旋律；重尋，只是播放一張〈帕格尼尼主題狂想曲〉CD。少掉的正是「誤讀」的樂趣。

——原載一九九五年二月十七日《聯合報副刊》

熱帶魚遐想

夏天，台北盆地常常一絲風都沒有。冷氣機傾吐的熱，排氣管傾吐的熱，幾百萬張嘴一張一翕喊著熱。

台北的熱不似蠻荒沙漠一個乾燥的火球臨空；是文明的瘴癘鬱蒸過後的濕，大氣裡彷彿帶一點粉紅色毒，帶一點燃鉛的窒息與不安。

我住的地方離辦公室只有十五分鐘路程，晴天，多半走路過去，先經廢鐵軌旁的違章菜市，再經高樓環伺的一座破爛處理場，過鐵道、沿楓香木排列的紅磚道，再走三百公尺。

攝氏三十五度，身體一動就流汗，有不適之感。楓香既不青也不艷紅，色雜而斑駁，葉無風而落。莫非它們也在調整自己的習性，加強求生能力？天熱得像加溫失控的魚缸！

偶然想到：有一天，如果樟樹不結實、蒲公英不飛揚、七里香不香了……所有的樹都因流汗喊渴，變成熱帶的雀榕或仙人掌；那時，人的皮膚會不會爲反射陽光而七彩發亮，地球上的人會不會因熬不住陸地的熱而變爲熱帶魚？如果外星球記載此事，是說退化呢還是進化？

——原載一九八八年四月號《文訊》

發光的淚水

我在單車前後貼上圓圓的反光紙，夜晚騎起來較放心。貼了反光紙的車本身不照明，但卻像月球一樣反光。

忠孝東路車多，我常繞道走仁愛路，沿國父紀念館。路樹透下斑駁的光影，某日不期想起《E.T.》影片中那位騎越野車的男孩。

如果加速能爬高升空，那麼，就可脫離擁擠的地面，巡行天際，有一天，當河漢清淺，你仰頭也許看到我正對著地球眨眼，或當我殞落，猶能望見一行發光的淚水。

——一九八七年九月五日作

山邊那孩子

初夏，一個午後，剛吃過中飯，我把車子開到一家熟識的修理廠去噴漆。在門口碰到他。

「老師！」帶著台音的男聲，從背後傳來。

已經離開教職兩年，能聽到這稱呼，眞覺得親切。我轉頭看到他身子仍跨坐在一部五十cc紅色摩托車上，五官擠在一塊兒地朝我笑著，非常熟悉，但我一時叫不出他的名字。

「嗨，你怎麼在這裡？」

「我來看朋友啊。他是我鄰居，林輝老師班上的。」他指著一部車子底下仰著在工作的男孩。

一九七五年他們讀小學四年級，算起來現在應該是十七、八歲了。大概是成長過程非常艱辛，所以現在雖較粗壯，但個頭還是不高。

「還讀書嗎？」

「沒有。」

「在哪兒工作？」

「跑貨運，到高雄或花蓮。多半是白天休息，晚上跟車。」

「待遇好不好？」

「不錯啦！」他露出十分知足的笑，「差不多一萬三。」

比起以前的苦日子，他當然覺得好多了。我慢慢想起他的名字。那時，他身高不到一百三十公分，每天吃中飯時，人就不見了，一直到午睡時間，才跑回座位。剛開始，我並不十分在意，後來發覺他老是這樣，既不是外出買麵，也不是回家。他，只是躲開了吃中飯的時間，躲開了別人詢問的尷尬。他住在一個像置物間的瓦寮。

——一九八三年六月十四日作

第一句話

一月十六日。張金塗檢察官受黑道槍擊重傷，手術後拔掉呼吸器，艱難吐出的第一句話是：正義需要付出犧牲的代價，民權也是國父革命犧牲換來的。

這樣的話有刻石的力道，予我印象甚深。從而聯想，如果有人仍不死心地拿話追殺作家：文學還有讀者嗎？立刻浮出腦海的竟是羅蘭・巴特的話：

文學很像燐火，在它臨近熄滅時，光亮反而最強。

——原載一九九五年二月十七日《聯合報副刊》

火山

火山，是我千里尋索的。

地心蘊蓄了滾燙的岩漿，日日夜夜在鼓湧，想尋隙鑽出。看噴薄的地熱多方吞吐，像把無數的長句濃縮成一句簡短的詩。流金之日即是毀滅之日，但毀滅未必如此快到來，何況毀滅之前還有驚魂的壯麗。為一個令人心顫的時刻，我不自禁地在火山邊游走，尋索我的另一半，設想死亡的形象是金碧輝煌的形象。

我不肯撤離，就像貪玩的孩子盯著日益黑了的天色。天愈來愈黑，黑是一寸一寸加深的，在未深到最深、黑到最黑，火山在臨爆而不爆的狀態，在我眼前危險地遊戲。

——一九九五年十二月作

無心

在山林中，如果留意的話，不難見到巖崖上的水一滴滴落在低處石頭上的景象。不知道經歷了多長的歲月，水點終於在石上打出一個個槽狀的凹痕。布滿凹痕的石頭成了大地的鐫刻，也成了帶著人文意涵的自然見證。

想想：石頭爲什麼會安置在那裡？巖滴又爲什麼剛好要落在它身上？一點一滴的水原是多麼地微不足道，不料卻能產生穿石的功效。我們很難分析這種神奇，看來，都不妨視之爲「緣會」吧。水的下墜和石的承接，留下自然生息的軌跡，就像蝴蝶飛在花上，月光映在水裡，孤雲出岫，不受一點牽繫。人世間種種，有時候也是如此無心，不拘什麼身分、關係，總在潛移默化中進行，不著意地就完成了。

——一九八七年十月三十日作

千禧年

今年，千禧年，是一個重要的時間點。明年進入二十一世紀，又是一個重要的時間點。站在二〇〇〇年這條起跑線上，謹以超越一詞祝願：

願世上平凡的人都能超越卑微的心理，眞實地感受到平安就是最大的幸福，喜樂來自於與親人的相依相守。

願世上有權的人都能超越貪瀆的誘惑，去冥想日月與春秋，去思考潮起與潮落，認清人間的權力就像沙漏的沙，再多也會流盡的。

願世上仇恨的人都能超越暴戾之氣，撫平冤屈，在歲月的紋理中體會人情的艱難，在大自然的結構裡看到衆生的渺小。

願所有的人都和我一樣，渴望超越自私、狹隘以及不斷萌生的慾念，超越過去的自己！

——一九九九年十二月六日作

原載正中版《千禧連心——前瞻21世紀》

備忘手記

1

我在思想的額上種三棵樹，一棵忍受天空雷電的閃擊，一棵任憑世上的風月捆綁，還有一棵，啥事也不做，只抬眼看看星光，傾耳聽聽蟲吟。

2

五〇年代台灣鄉下孩子常作的夢是：天亮進城。
八〇年代的今天，他們長大了、做了城裡的中年人，開始夢想：入夜回鄉。

3

在特殊的日子穿一襲配搭合宜的新衫是喜，接受一個鼓勵或安慰的眼神，也是喜。喜是比較之後的心情，既是主題，也是內容：生喜，育喜，婚喜，壽喜……

4

在生活裡，我常「發現」美的事、物或人，可是，一轉眼他們就失去我原先所見的光彩。

究竟——究竟是美難以捉摸，還是紅塵肉眼向來衝動？

5

松樹長在清冷的山上，不像藤蔓相互攀緣在濕熱鬱悶的地方。人海中並存著這兩樣情態：君子橫眉冷目，雖熱情不足，卻襯出他的貞廉；小人戛戚委靡，隨時有利害的交纏、眼淚的羈絆。

6

花開在崖邊，頂上的樹看不到。山風吹來，霧氣彌漫……

頑皮的孩子走險，不聽大人的話，不知世變之苦。

7

沙洲說：「所有的溪水都會把手伸過來，然而它們終究要錯身離去。儘管有陽光、雨露相守，也有留不住時間的孤單寂寞。」

8

金陽灑照在海上，光點細碎，暖烘烘地，像上一代人對晚輩的叮嚀。

金陽自覺其愛和責任，因此，不避諱日日重複，嘮叨個不停。

9

所謂「蠱」，就是心中的劇盪吧？

其始，純潔無邪、赤裸狂歡；繼而，黏貼糾纏、互剖心肝；終於末日到了，所有的血反向逆流，心鼓疾擂，符咒繞飛，一個詭異淒厲的夢魘慢慢成眞。

10

如淋漓舒放的花，女子感情的大膽濃烈。

青年不見得能欣賞異性眉間含而不吐之情，卻總難禁於對方精神之赤裸——一句清楚的話、一個完整的手勢。

11

從小草、小花、小松樹，到越過高山、遠天的煙雲；從春到秋，從家到天涯，是每一個人成長的過程。

必然從溫馨的脈脈以至於矜肅之漠漠。

12

鬚髮落盡的老樹站在嶺頭，告訴一株剛長成的小樹：

有一首歌，哀麗，如晚霞；有一個故事，深沉，是夜晚。生，最難對抗的敵人，不是閃電雷殛，是黃昏由遠而近的口哨。

13

是吳越迴流的溪紗，還是晚唐枯荷的精魂？千年的水，萬年的夢。我們要抓住什麼？傳下什麼？

14

文字傳遞太容易，需求量太大，使得文學的園圃少見巨樹，而偏呈一片小棵小朵、繁麗的花市鬧景。

15

最悲壯的樂章常在幕將落時，這似乎喻示著：還有很多未說出的話，乃奮力掙扎，不願最後一刻那麼早降臨。

16

用經書的智慧築成——能讀懂那面牆的人愈來愈少了。捨棄原味、競逐加味，眩惑於官能刺激的人，靈光如何透入他心底？他又怎看得到石牆的斑駁、青苔與窗口的訊息？

——一九九一年十月作

輯
III

不知不覺就開啓了新天地

如果不是年少就閱讀到一些西方的思想家，我多半不會在青澀的歲月就想試著記錄自己的憂喜感悟，而走上寫作這條路。

如果不是年少就閱讀到一些西方的思想家，我很可能安於以考試和分數爲主要價值的中學教職，甚至不會放棄高考分發的公務員鐵飯碗。

設想一個出身貧窮荒村退伍軍人家庭的孩子，能有誰爲他的人生開光？只要把學校的書讀好、將來能謀得一技之長，就已經萬幸，哪裡還有心靈馳騁、揮霍的空間？

然而，生命自然也有懵懂的巧遇，不知不覺就開啓了新天地。

十六、七歲時，我住的是師範學校宿舍，課業不構成壓力，反覺大部分課程淡而寡味。日子閒得發慌，除了把精力消耗在操場，就只能走走書店、逛逛舊書攤。當年課堂下，頗有幾個臭味相投的人彼此關心著對方的涉獵；我們一面震懾於西方知識殿堂像迷宮，深邃得令人動容，一面又覺得西哲之言竟無不可摘引來掛在嘴上以驕炫於朋輩，因此，充滿著遊戲競技性質的閱讀，在閒散的日子斷斷續續地進行著。

主要看的書就是志文出版社的「新潮文庫」。

資訊閉塞的年代，十六、七歲的土孩子不見得眞懂卡夫卡、沙特、盧騷或雅斯培……，但擁抱這些名字卻有莫名的陶醉感。看到尼采在書中昂然三問：「爲什麼我這樣智慧」、「爲什麼我這樣聰明」、「爲什麼我寫出如此優越的書」，平凡的人誰不爲之癡狂！

那眞是一段不求實用、無憂無慮的閱讀歲月——塵封在記憶中已二十幾年。

今年暑假，想挑幾本「課外書」給剛念完高一的康兒讀，在書架上又看到二十幾年前買的新潮文庫，心中一陣驚奇、一陣惆悵。新潮文庫編號第二十四、尼采著的《瞧！這個人》，扉頁上清楚地標示著「購於中文」「一九六九、十一、十二」「十四元」。「中文」是一家書店的名稱；書中空白處留有不少鋼筆字，眉批般記下一個少年的閱讀雜感：

「唯因尼氏是一強者，因之他不希望出現憐憫人的軟心腸弱者，以及被憐憫的不中用弱者，此更應和了他前所謂『淘汰』之語。」

「潔身自傲，近似我故有隱士，但卻有一顆火熱切盼愛人救人之心。」

……

這樣一本老書，留下來，頗能彰顯開啓一扇生命之窗的價值——未必要看到什麼繁花美景，重要的是懂得睜開眼睛去看；即使沒有「人」的焦點，至少還看到了遼闊的天與地。

我告訴康兒：「爸爸剛好在你這個年紀，讀了這本書。希望你也有興趣看看……知識的路是這樣走的。」

一直到今天，新潮文庫仍爲我所注意，並樂於購閱。不久前，往遊義大利途中，即做功課般重讀了托瑪斯曼著、宣誠譯的《魂斷威尼斯》（新潮文庫七四）。

如果稱不同年齡閱讀有不同體會的書爲「生命之書」，新潮文庫於我絕對是。比起少年時接觸到的另一套珍視的「十月叢書」（出過鄭愁予《窗外的女奴》、商禽《夢或者黎明》、葉笛譯的《凡爾德手記》），僅僅曇花一現，前者持續出版數百種至今還在出，更見時代大潮的勁道，我願意摯誠地推薦給與我不同生活不同感受的當今的青少年：看看那些智慧人物的腦子是怎麼想的，日子是怎麼過的！

——原載一九九四年九月號《文訊》

成長之書

我讀小學時，台灣生活還相當苦，鄉下孩子成天光著腳板在外頭跑，很多人買不起書包，課本用塊布一裹，綑在腰後就上學去了。

學校也不硬性規定學生買課本，因此很多人借了別人的來用。在一個家庭裡，如果不是長子，買新書的機會一定不多，哥哥用完的教科書，弟弟接過來用；爲了省書錢，一本書可以用上好幾年，大家總是細心地，深怕把它翻爛了。

至於課外讀物，更是被當作奢侈品一般看待。四年級以前我唯一擁有過的課外書是一本薄薄的畫冊，書名和作者都不記得了，只記得故事主角好像叫小青，圖畫的線條清朗，顯出平和寧靜的氣息，如同剛插了秧苗的水田，映入眼中，有一種柔和的綠色的光。這本書是一年級老師莊志先生在學期終了，送給成績優秀學生的獎品。當時我還傳給兩個弟弟看，他們看的時候指東劃西，嘴裡念念有詞，似乎也很被吸引。

偶然可以從同學處借閱到的書，是一系列諸葛四郎、眞平的漫畫，初次看並沒有留意作者是不是葉宏甲，純粹被他生動的人物造型和爲人間除不平的俠義情節所吸引，這一類故事使我的生活有了想像，不再覺得自己住的村落是偏遠的、與外界隔離的；在不是很懂的狀況下，我也接受了一點是非正義的觀念。

由於買不起課外讀物，父親轉而要求孩子背課文。那些課文不一定是最好的文章，但句子通順，一經背誦，記在腦子裡，作文時不經意就轉化成自己所需要的文句了。從一開始，我在用筆表達意見方面沒有遇到什麼困難，也許跟這一個訓練有關吧。

眞正展開自己課外閱讀之旅的，應該說從初中一年級起，我考進省立彰化中學，學校坐落在八卦山上，四周多山林，沒有嘈雜的人語車聲打擾學生的作息。不太愛講話的我，當年沒有運動的愛好，下課時操場上很少看到我的人影，大部分時間都鑽在那座小古堡式的圖書館裡。在圖書館裡，我充滿好奇地讀報紙、看雜誌，並借閱中外小說，《基督山恩仇記》、《俠隱記》、《東周列國志》、《三國演義》……那些歷史故事、浪漫傳奇，使我了解到一兩千年前中國的英雄，原是文武全才的，在外能帶兵打仗，回到朝廷中，又善於管理朝政；而豪傑人士也不全然要在朝廷當官，不少是隱居在山野，讀讀書、耕耕地、打打柴，既不追逐名利，因此絕不阿諛奉承權貴。我也看到一些發生在外國古代多采多姿的事，體會到不同人種的性格、觀念。

如果一定要挑一本年少時影響我最大的書，當然要算《三國演義》。三國，距離今天已有一千七百年之久，那是中國歷史上極其混亂的時期，但也是平民百姓可以靠著自己的才幹出人頭地的時期。我出身貧窮家庭，三到十二歲一直住在中部海邊的溪底村，一戶人家與另一戶人家相隔幾十公尺，放眼一望，不是沙地就是整片的木麻黃，風乾乾地吹著，夜晚狗叫聲斷斷續續，十分荒涼。村民大都是好幾代前就住在那兒了，受教育的不多。小學畢業，我開始對外面的世界有了憧憬和期望，讀《三國演義》，對文臣諸葛亮、武將趙子龍，當然有很深的情感寄託，希望有一天自己也能走出灰黯的小村落，站到電光雷火交織的時代舞台上，像呼風喚雨的諸葛亮，像長坂坡如入無人之境的常山趙子龍。

印象最深的是，諸葛亮臨死前在五丈原祈求上蒼讓他多活幾年，以便復興漢朝的苦心。他請姜維帶領四十九個兵士，每人手中拿一面黑旗，穿著黑衣服，環繞在他營帳外，諸葛亮自己就在營帳裡準備了香花和祭祀的東西，踩著星圖方位，向天祈禱。地上分布七盞大燈，大燈的外頭再安設四十九盞小燈。如果七天內大燈不熄滅，那麼他就可以增加十二年壽命；如果燈滅了，就活不成了。沒想到祈禱了六個晚上，在最後一夜被莽撞闖入的魏延把主燈踩滅了！人算不如天算，諸葛亮多次帶兵討伐魏國，想收復中原的心願還沒有達成就含恨死了，這使小小年紀的我，似懂非懂地體會到人生是有缺憾，世間的悲劇也常常是不可避免的。悲劇帶給人的淒涼感動往往比喜劇長久深刻。我早早比別人少掉一些童齡的歡笑，除了來自困苦生活的影響，文學書中的悲劇人物，對心理絕對有推移的作用。

一直到大，我也忘不掉姜維這個人。在《三國演義》作者羅貫中筆下，姜維繼承諸葛亮的志業，懂兵法，有武功，有膽識，在人力、物力都不充足、蜀漢國力開始衰弱的後三十年，他苦苦守著已有的基業，想有一些開創性的作爲，可惜無依、無助而無奈，實在令人爲他嘆息。

大約初中畢業，我才眞正明白《三國演義》是小說家加入豐富想像所寫的，並不是百分之百的歷史眞實，但不管它眞也好、假也好，那些栩栩如生的人物早已牢牢印在我心底；其中，講究人與人怎樣相互對待的倫理典範、忠孝節義的情操，對我做人處事更有直接的啓發作用。我隨時提醒自己：做事要有智慧、心胸要寬廣、要有擔當……帶著這樣的追求之心，我終於安靜而自足地度過了一大段物質貧乏的日子。讀書，也成了我一輩子的功課。

——原載一九九一年二月正中版《書夢》

蕉香與書香

那時在台中念書，住學校宿舍。校園很小，活動的空間有限，通常下了課打打球，不是去夜間教室看書就是窩回寢室下棋聊天。車聲在圍牆外，世界也在圍牆外。

我記得曾經找到一份家教的工作，但要走好遠的路，學生的母親不但擔心她孩子聽懂多少，還擔心我怎麼教。上課氣氛令人窒息，我教了一個禮拜不得不打退堂鼓。

我也曾試著想當救國團的康樂輔導人員，但個性放不開，社會經驗也不足，還是得作罷。

這時，有學姐送我一本《微波集》、一本《海天遊蹤》，同寢室的室友更搬了一大堆過期雜誌儘著我看。文學的門漸漸爲我而開。

我記得的文學期刊包括《青溪》、《新文藝》、《劇場》、《幼獅文藝》、《文壇》、《現代文學》、《文學季刊》和《純文學》，品類繁雜，但全是文學一個類，交相印證各刊物上的作家名字，於是出現了第一張屬於我的文學地圖。

這些過期雜誌是從舊書攤買回來的。一九七〇年代初，在台中市有幾個舊書店蝸居於公園路，也就是中華路底的夜市邊上。另有幾個舊書攤間雜在叫賣香蕉的攤位裡，地上鋪一塊塑膠布，擺幾個箱子、幾把條凳，上頭拉一盞燈泡。

很快地我就不依賴同學了。入夜，一個人主動去舊書攤翻找，和老闆一塊、五毛地討價還價。《幼獅文藝》貨源最充足，想必發行量大，印製多，流落在舊書市場的量相對地也多。有朱橋主編的，也有瘂弦主編的。

我通常先逛書攤，挑個三、四本大約花掉五塊錢，再轉往香蕉叫賣車前，搶標香蕉。那一整部鐵牛車上的香蕉幾乎全都熟透著甜香，有的還到了爛熟的地步。叫賣的人舉高一串，用台語高聲吆喝道：「七塊、六塊、五塊、三塊半、三塊、兩塊九、兩塊八、兩塊七……好啦，半相送——兩塊銀、加五角。」不等「加五角」的聲音出來，早就有人舉起手，叫賣者的「加五角」聲音一落，來不及放下了，立時拍板成交。

我提著香蕉一路走一路吃，沿著市區裡的那條水溝，像一縷飽食後逍遙的遊魂。微弱的路燈自路樹的葉隙間漏下，溝裡的水緩緩地流，帶著一點青春孤獨的路上的人，也緩緩地走。那是我的默片時代，只能依靠以《幼獅文藝》爲主的刊物，擴大我的世界，與不同的人生對話。

散文家琦君、許達然、劉紹銘是那時認識的，詩人余光中、周夢蝶、楊牧，戲劇家李曼瑰、俞大綱也是那時認識的，還有陳世驤、喬志高、夏志清、葉嘉瑩、唐文標、林以亮這些無需歸類而閃亮在眼前的名字。

鄭臻（樹森）的「風向球」是最具口碑的專欄。一九七〇年鄭樹森才二十幾歲，還是一個研究所學生，卻藝驚文壇地展露了他在世界文學方面的功力，美國的索爾．貝婁、英國的威廉．高定、法國的貝克特、東歐的荒誕劇，透過他的筆一一登場。那樣一個閉鎖的年代，鄭樹森這人已四海瞭望、八方馳騁，令人不勝嚮往。

那時《幼獅文藝》在文學發展上起的作用，不亞於副刊黃金時代的威力。我糊里糊塗就跟上了那一大列遊行隊伍，看到很多難得的演出，確實影響我後來的志向。這一段記憶其實如繁花盛放般熾烈，但現在回想起來安寧自在，竟沒有浮表的喧聲，偶爾想起夜市熟甜的氣息，想起捏著硬幣搶標香蕉到手如同打球投籃破網，蕉香與書香全都帶著微笑。

一九七二年九月，我在復興文藝營寫的五首詩一口氣登上《幼獅文藝》；十月，一百多行的長詩接續刊出。不久我就離開台中，只讓那條穿越市塵緩緩而流的溝水聲在記憶裡響著，路樹燈影在風裡輕輕搖晃著。

——原載二〇〇四年三月十八日《中國時報．人間副刊》

到三民站下車

坐在闇夜的公車上，窗外燈火如繁星。夢中我不知公車行駛的路線，也不知車開到了哪裡，只知要到陌生的站牌，在燈火璀璨而視線朦朧的地方，彷佛叫做「三民書局」那一站。公車從很遠開來，何時該下？我向司機求助：「到三民站，請叫我下車。」

這是三十幾年前的一個夢境，因注記在新買的牟宗三先生的《生命的學問》空白頁而記得。這書編入「三民文庫」一〇六號。當時我在台中師專念書，周文傑老師的「國學概論」用的課本是熊十力先生《讀經示要》。周老師具有鮮明的性情，不與流俗來往，好褒貶時人，卻輕易不加許可，通常都是「那個醜八怪！」一句帶過，唯獨講到新儒家的代表人物如熊十力、唐君毅、徐復觀、牟宗三，則嘖嘖稱美。

我在這樣的薰沐下，自然買來《才性與玄理》、《中國哲學之特質》、《學術與政治之間》、《中國文化之精神價值》等書。每逢週末，由周老師欽點的三五個同學還須到老師家加課，學《詩》與《易》，採章句析解的方法，詳細內容已淡忘，但中心要義，我相信是如牟先生所說的「提高人的歷史文化意識，點醒人的眞實生命，開啓人的眞實理想」。

周老師那時四十不到，教學的企圖心很大，但似乎不容易講得透闢而有趣，碰上我們這群十八、九歲的毛頭小子，眞的只能由學生各憑興味自求造化。

他提示的一些書，有的可以在台中的中央書局買到，有的據說只有上台北買。那時流傳在朋輩口耳間的購書地標，一是台北中華路的「中國書城」，二是牯嶺街舊書攤，三是重慶南路的三民書局。跑一趟台北，對看一場電影都嫌奢侈的我談何容易，三民書局只能是書本封面上印的幾個字，只能遙想而形塑成一夢境。

當年的我並未下決心走抒情的路，生命的學問才是我最初決意探索的方向。現在我重看三十餘年前買的牟宗三先生的《生命的學問》，從〈哲學智慧的開發〉、〈略論道統、學統、政統〉到〈人文主義與宗教〉諸篇，行間處處劃了線，顯然是閱讀當下獲得了「雲霧中湧出光明紅輪」（牟宗三先生語）的喜悅之舉。我手頭會擁有熊先生的《新唯識論》，也全靠牟先生這書中〈我與熊十力先生〉一文的指引。牟先生描寫他眼見的熊十力先生，好像武俠小說一位宗師型人物出場：

不一會看見一位鬍鬚飄飄，面帶病容，頭戴瓜皮帽，好像一位走方郎中，在寒氣瑟縮中，剛解完小手走進來，那便是熊先生。他那時身體不好，常有病。他們在那裡閒談，我在旁邊吃瓜子。也不甚注意他們談些什麼。忽然聽見他老先生把桌子一拍，很嚴肅地叫了起來：「當今之世，講晚周諸子，只有我熊某能講，其餘都是混扯。」在座諸位先生喝喝一笑，我當時耳目一振，心中想到，這先生的是不凡，直恁地不客氣，兇猛得很。我便注意起來，見他眼睛也瞪起來了，目光清而且銳，前額飽滿，口方大，顴骨端正，笑聲震屋宇，直從丹田發。清氣、奇氣、秀氣、逸氣：爽朗坦白。

這一「獅子吼」的場景，令人著迷的不僅是熊先生的生命境界、學人典範，還有牟先生的敘事筆法。

牟先生初讀《新唯識論》爲一九三二年二十四歲時，他說「一晚上把它看完了」，這話令我大爲震動。一九七四年我二十一歲購得廣文版，見其厚達七百三十五頁，不但對開頭幾章的佛經體語句啃咬無方，即連後半部牟先生「感覺到一股清新俊逸之氣，文章義理俱美極了」的文章，也無緣消受。果然氣質才性不同，根柢造基差異，學問之道勉強不來。然而，堂奧雖不得而入，牟先生開啓的一扇扇窗確是讓我時常有「骨肉皮毛，渾身透亮，河山草樹，大地回春」之感的。

回顧三十年前往事，我不敢輕忽夢境的預言、啓示。「到三民站下車」既結合了新儒學閱讀的因緣，後來更聯結上香港新亞研究所修課的因緣：一九九四年到一九九五年我在新亞當老學生，每個禮拜都去上一天半的課，教授休息室和長廊高處懸掛著已過世的熊、唐、徐諸位的照片，而活生生語調鏗鏘的牟先生落了單，一個人坐在肅靜的教室裡講他的課。牟先生上課不關門，聲音就在長廊迴盪。但那也已經是最後半年的課了。

現在我檢視自己擁有的三民書，最多的竟是天藍色的古籍新譯。其實我閱讀文言，陶然自得，白話新譯上到書架上，原因是譯注者如邱燮友先生、劉正浩先生、李鍌先生、黃錦鋐先生、汪中先生、余培林先生、張文彬先生、沈秋雄先生都是我讀師大時的老師。一本本藍皮書在架上，像一扇扇方便門，很有即之也溫的夫子之情。

我眞正有書在三民出版，是《小孩與鸚鵡》那本童詩集，一九九八年八月出版，由我的老鄰居曹俊彥繪圖。終於交出第一本給兒童的讀物，遂了我爲小小孩寫詩的心願。而我也從三民的讀者一變而爲兼具作者身分的人了。

——原載二〇〇三年五月十七日《聯合報副刊》

一九八〇年代遺事

不過二十年光景，我回想起一九八〇年代初期在《聯合報副刊》工作的情形，已有天寶遺事之感。

從一位國文教師轉爲文學編輯，那年我二十八歲，有兩個人是我轉業的關鍵。一位是私立復興中學梁金鈴校長，我想辭教職時，她挽留我，給我一年時間考慮，希望我深入了解編輯工作後再離職。另一位是詩人瘂弦，台灣報紙副刊巔峰期的「副刊王」——前《聯合報副刊》主編。他先是找我去編《聯副三十年文學大系》，選集編完了，邀我正式當編輯。我那時在復興中學這所「貴族學校」任教，頗有幾個談得來的同事，並無意放棄自在的生活。瘂弦一面徵詢我的意見，一面竟已將人事案簽上去了。我記得他把人事簽呈交給我時說：「做做看，不喜歡的話，明年再不做。」

結果我只好兩頭上班。等第二年我又想躲回學校，適逢瘂弦嗓子啞了無法出聲，那一週難得看到他在辦公室。他留了一張字條給我，期望共同做點事，我不忍拂逆長者的心，只好順應情勢死心塌地做他的屬下了。我很懷念一九八〇年代那種知人識人的社群型態，至今我仍相信，在文人機構裡，不能完全依賴「管理」、「制度」，個別差異、彈性自由是要靠心證，是值得容忍的。

認識瘂弦，早在十八歲參加復興文藝營，《深淵》詩集四方傳誦，他在文壇的聲譽如日中天。我最初練習的一輯詩得了新詩創作第二獎，登在他主編的《幼獅文藝》上；後來他有幾個專題設計，也向我邀稿。一九七七年他接編《聯合報副刊》前，我雖已在《聯副》發表過散文、詩，但真正比較密集還在瘂弦主編時期。他創了一個「傳真文學」的點子，哪裡有新聞發生，文學的筆就到那裡。我在限時繳卷的壓力下寫了不少這一類新聞詩，例如參加元旦升旗典禮、觀看進軍奧運的激烈球賽、描述四川水患、捨身救學生的老師、被日本徵調至南洋參戰躲在叢林的老兵……文章合爲時而著，歌詩合爲事而寫，我越來越體察到新詩不僅長於表情，也無礙於敘事，且無事不可入詩。爲了美化版面，瘂弦也時常刊登畫家的作品，由我配上詩或散文，在文字的獨立自足與文圖的和諧交響上必須兼顧，這又成爲我另一種想像與節制的訓練。

說到訓練，一個文學副刊編輯最重要的養成，大概就是品味了。我初到副刊上班，瘂弦至少拿三件事訓練過我：一是評當年台灣詩壇陌生的程抱一（Franois Cheng）的詩，二是評當年熱門收視的通俗電視連續劇集《牽手》，三是掃描一大落過期的香港《素葉》雜誌。

我記得程抱一的詩集叫《三歌集》，包含遙歌、戀歌與悲歌，詩思空靈，用字雅致，律動感很強，似乎是在香港出版的，我的評寫完與詩集一併交給了瘂弦。評不是要刊登的，我後來才知道，瘂弦是想看看我對詩的想法。評文怎麼寫的，已不可考，詩集沒能留一影本，倒有點可惜。一九九九年程抱一獲法國騎士勳章，二〇〇二年又榮任法蘭西學院院士，文學界大都只知他有一本《與亞丁談里爾克》（純文學出版社），我則幸運收藏了一段讀他詩的記憶。

評通俗連續劇集的短文，聯副倒是登了，不是文章有什麼觀點，實在是戲劇本身當紅。我寫得不好，刊登時化了筆名，像一陣煙散去無痕。

掃描《素葉》，倒值得大大一提，因爲掃描到了西西——香港最優秀的小說家。西西享譽台灣的成名作〈像我這樣一個女子〉原來是刊登在發行量極小的同仁刊物《素葉》上。「素葉」顧名思義，不是紅花，不講華麗包裝，清清雅雅、薄薄地以素面對人，調子有點高冷，但內容還眞是精緻。一九八〇年代台港兩地的大眾文學品味都比二十年後的今天純淨。我在《素葉》以及稍晚的《八方》上認識了不少香港優秀作家，因而對香港文學的創作能量不敢小覷。往後，西西在台灣發表小說，出書，得聯合報文學獎推薦獎，讀者驚嘆連連，其源起竟是一堆舊雜誌的翻尋，這除了歸功於瘂弦的發想，還因當年副刊人力充沛，能派出「偵測兵」來。自香港雜誌發現西西、辛其氏之後，瘂弦興頭更大，找來全台灣各縣市的文藝期刊要屬下搜尋新人。可是千里馬不可能隨處有，這後續的「大海撈針」工程久久撈不到一根針，怏怏作罷。

回想我在接任聯副主編前的工作，審過稿、發過稿、邀過稿，寫信封、影印等瑣碎的事也做過。比較長時期擔任的是下標題、加按語、做引言、彙整的工作。一九八四年聯合報系所屬的《聯合文學》創刊，瘂弦兼任總編輯，我每天也挪三、四小時前去支援，爲了吸引新讀者，文章引言不免做得聳動，甚至不避情色。瘂弦夫人張橋橋曾私下問他：「這引言誰做的？」橋橋有清教徒般的潔癖。瘂弦含糊以對，未點我的名。他嘿嘿笑著告訴我：「我沒敢對橋說。」

瘂弦不對橋橋說，爲的是維護我在橋橋心目中的好印象，她對副刊成員的信任感。那時「王高爭霸」（王指瘂弦，本名王慶麟，主編《聯合報副刊》；高指高信疆，主編《中國時報．人間副刊》）的峰期雖然已過，但兩報競爭仍然激烈，副刊的文壇爭奪戰也還火熱。

痖弦白天要在外面參加各種活動，多半只在辦公室一現身就又走人，眞正落座是在晚餐過後，釐測了風向、搜索了敵蹤，重新吹響攻擊號，一陣急驚風式地換版，到交印，已經午夜。我有時會聽到他和橋橋的電話：

「還沒忙完嘛。沒辦法，事情多得不得了。」

「還有誰在？」我猜橋橋是這樣問的。

「義芝還在。」痖弦這麼說。對話通常到此結束。

痖弦帶兵的方式也絕，是他信任的人工作一件件加，不信任的人一件件減，減到最後，有人除了特別交辦的事之外，幾乎沒有例行業務，只除了喝茶看報。那當然是副刊黃金時代才有的盛況。私底下痖弦常跟我說，一個團隊裡不可能人人都積極任事，總有人頂著，有人後退，他說那是生態，那才自然，人人爭著做，才性不同、方法不同，反而造成彼此的拉扯。職務難易原本就不同，如何能公平？什麼狀況叫公平？我之所以到現在還認爲管理人不同於管理事，文人難管，有爲未必能治，無爲未必不治，是那時種的根苗，痖弦是我老師。

我唯一不學的，是他的寫信功夫。他坐在桌前，抓起筆來就能寫信，寫到一半被別個事打斷，離座，一回到位子上，立刻又能續那未完的信。他的字跡大方厚重，內容則洋溢著體貼、尊重之情，收信者很難不被打動而回函道謝。文壇盛傳，瘂弦收到道謝信，往往會再去一信說：「來信收到，謝謝！」副刊的盛唐不再，晚唐不再，逼臨晚明的困局，文壇作家最若有所失的，可能就是再也收不到這樣的信了。禮物餽贈就更不可能了。

《聯副》人力銳減一大半，經費緊縮，我四方尋求合作資源之不暇，很難禮數周到地寫信，E-mail往還越來越普及，一句話要言不煩，幾秒鐘對方就收到了。傳播學者郭力昕稱我的信是極簡主義的信。不如此能如何？編者、作者與讀者噓寒問暖，互相傳遞有心情、有溫度的信的時代，我想是一去不回了。

一九九七年瘂弦辭去《聯合報副刊》主任職，一九九八年正式退休，在編輯事業上堪稱功德圓滿。臨去，他最大的感慨，反倒是荒廢了寫詩，儘管他一九五〇年代創造的精神深度、抒情風格，至今罕有人能夠超越，但正當盛年就停筆（約在一九六六年），畢竟是一個令人嘆惋的謎。他退休前我不斷催他、刺激他再寫詩，他總說好，說會寄給我，叫我替他把關。「我以後一定做一個最不麻煩編者的作者！」他多次這麼說，出自一個編文學雜誌加上文學副刊三十餘年的職業老編之口，試想其中含藏了多少辛酸！而一轉眼，我在聯副也已待了二十餘年，少年子弟江湖老，老到在這裡回憶，說一九八〇年代的天寶遺事了。

——原載二〇〇四年九月號《聯合文學》

玉山手札

1

二〇〇一年秋天，路寒袖推動「玉山學」，邀約作家上山，我因出國未跟上隊，後來屢屢聽上了山的人談起，頗爲憧憬。時已入冬，遙想重雪覆蓋的山頭，遂寫下〈冬日玉山〉一詩，想像雲霧封鎖的山谷，豈不就像仙人耕作的田，由天風與老鷹的翅膀所丈量，在滄桑變化中，必有黑熊帝雉的孑遺。

二〇〇二年夏天，路寒袖玉山學再度開訓，我毫不遲疑地報名，決心實地走一遭。

登山裝備只花了四千塊，但一樣沒少，連頭燈、哨子、軍用口糧也都具備。路寒袖擔心我爬不動，特別打電話問我住家幾樓，總樓層多高？我說十一樓。他要我每天至少上下爬三趟。我聽他說得嚴重，出發前十天，每日確實爬上爬下，一面惦量自己的腿力，氣喘和心跳的情況。

2

十月十四日，玉山行前講習會，領到作家陳列寫的《永遠的山》。陳列在一九九〇年，花了一年時間在玉山國家公園內省思，觀察動植物。這次作家上玉山，每一位都要有一篇散文紀實。三天時間除了滿足好奇之外，能有什麼細膩體會？這是很多人的疑惑，但是攻玉山頂那股躍躍欲試之情又難掩地振奮著每一張臉。

十一月十九日出發，頭一晚住阿里山二萬坪車站旁的青年活動中心，海拔兩千多公尺。正逢陰曆十五，滿月銀輝照在鐵道上，有人相約一塊兒飲酒，拿登山手杖鬥劍比劃，大聲談笑著，一撮一撮的人影在萬木森森的嶺上，隨皎亮的月光而晃動。我顧忌克襄所說的高山症，早早就回房。主編《幼獅文藝》的鈞堯，可以員工身分入住救國團旅舍不花錢，他邀我從樓下的十人大通鋪升級到樓上的套房，免去夜半聽人打鼾之苦。

3

感覺背包的肩帶勒得肩痛，已從玉山登山口登行了四公里。

山路蜿蜒，唯一的一條路盤繞著山，除了聽自己的腳步聲，也聽前後人行的重踏聲，更遠是山澗的水聲。有些坡坎直接由一棵巨木當階梯，有些礫石坡豎了一根根的矮木樁，木頭懸空的棧道剛漆過防腐的黑漆，靜默的山裡，它成了最喧囂的氣味。

布農族號稱山的子民，但布農族作家霍斯陸曼．伐伐竟走得上氣不接下氣，完全不理會大夥兒的慫恿：「伐伐唱首歌──」

布農族的伐伐為了扳回他腿短不擅山行的頹勢，大聲講了一個故事，逗得大家哈哈笑。他說：「有四個不同族的人約著去打飛鼠，樹上的飛鼠看到達悟族獵人，兩眼一閉放心地睡了；看到阿美族獵人，在樹上招手說：『來啊，來啊，來抓我啊。』看到泰雅族獵人，牠一溜煙地跑了。你們猜，飛鼠看到布農族獵人怎樣？」大夥兒眞豎起耳朵在聽，伐伐中氣十足地說：「嚇得從樹上掉下來了！」

4

有很長一段路我埋著頭走，直到轉了兩個急彎。從高處回望，登山隊伍中段，人影在叢草蔓生的坡上。芒花抽長，高過一個人身，在風中，在人的頭頂搖著米色的花序。先是芒桿縫隙透出兩頂白帽，一頂藍帽，接著，一塊迎風的黃絲巾，最醒目的是：鮮紅的帽子、鮮紅的雪衣和鮮紅色的背包。整個坡上的草則是一大片綠，遮住他們的下半身，光油油、毛茸茸地搖晃著，美極了。

視線向左移，矮矮的二葉松正努力拔高，而早已拔高的圓柏卻不知什麼原因白慘慘、光禿禿地擎著枝椏，裸枝斜伸，沒有了掙扎之力，只像是荒涼的遺言。

山中顏色分明，一邊猶是粉柔的藍天，另一邊已是蒼古的黑山。由山的稜線畫分交界，這一條線凹凸起落，似又埋伏許多無從辨識的顏色。稜線上恰巧站了一棵大樹，背光而又透光，襯托得天空更加詭譎。

5

我持續注意山裡頭豐富的顏色。

從岩石縫裡長出的草，一副躲迷藏的小孩露頭來探看，赤著腳，所以貼地最牢；不是花，所以沒什麼艷色。但青黃夾雜著鐵褐，最像無需憐惜、不怕受傷的強悍。

土質鬆軟處長的樹，顏色理直氣壯得多，綠得肥厚，紅也紅得招搖。峭壁與懸崖則是茫漠漠的空。

一般人說到山，總說是青山，其實青山何其普通，山要顯其莊嚴，必須是藍山。山的藍勝過海的藍，原因在層次多，最遠是淡煙迷濛的藍，或灰，所謂虛渺之色，近一點才分明到令人生出張望的憧憬，再近一層的藍更深更厚，看得出山也有腰背扭動的姿態。最近的藍矗立在眼前，千樹萬樹簇擁，偶有一處鬆脫則露出禿掉的一小塊裸土。

我坐在一塊粗礪的岩石上望著淺灰以至墨藍綿延不絕的大山，游目騁思，只覺無邊的遼遠空曠，心靈乘風欲飛。

6

日頭收斂時，上達三四〇二公尺的排雲山莊。排雲只是中繼站，沒太大欣喜，然而我還是在林務局嘉義林管處立的標高牌前，高舉兩臂留影。

雲在山谷翻湧，你沒看過那麼厚的雲。太陽慢慢地落，碰觸到雲，在雲上形成半輪光圈。太陽再往下落，最後只留雲上一道亮光，天色倏地暗下，山一層一層隱入夜色裡。繼之而起的是滿天璀燦的星斗。

7

凌晨三點起牀，準備攻頂。

黑夜爬山，能看到什麼？除了璀燦星斗，就是頭燈照在腳前一米方圓的光。步子不像白天俐落，一步一試探，一寸寸攀高在逼仄的山徑，我慢慢清楚玉山行的意義：你知道你可以在最短的時間急速完成一項挑戰。它是艱難的象徵，向最高最遠之處尋找陌生的自己。

無風的情況下，隊伍輕易地爬過風口。氣溫雖低，因空氣乾燥，雪並未降，我在綑著鐵鍊的崖邊喘息，吃巧克力補充熱量。

最後三百公尺是不毛的禿山，岩層交疊，偶有稀疏低矮的灌木，有些路段呈仰角七十度，穿一雙新鞋的陳銘城因鞋底抓力不夠，就在這一路段滑跤。

趕在六點零四分日出前，終於全數登頂。人在主峰，環望尖挺秀拔的北峰，雲鎖幽壑的東峰，山形嚴峻的西峰，以及層巒迤邐的南方山頭，我在三九五二公尺處興奮地撥通手機，給在台北睡夢中的人。同時，也聽到身旁的人在電話中喜悅顫抖的聲音。

朝陽，全台灣第一道曙光露出來了！我看到穿米色風衣的蕭蕭擺出姿勢，穿紅色雪衣的李賢文也就定位，一站一坐，都背對群峰。穿褐色外套的克襄、穿灰色登山衣的寒袖，臉上映著明亮的陽光，一起笑著。

我攀住玉山主峰的基座，在三九五二公尺處再挺高一公尺，心清如玉，義重如山。

——原載二〇〇三年三月二十七日《台灣日報副刊》

〈等待過河〉葉紅媛油畫，2005

遇見柏林

安潔莉卡，柏林和我沒有任何關連，在二〇〇六年五月十八日之前。儘管黑格爾「生命」、「命運」、「愛」的觀念啓發過我，而他曾擔任柏林大學校長。但柏林終究是我未遇的一個異邦城市。直到二〇〇六年，參加柏林國際筆會，我和妳的老友歐茵西、高天恩等人，提前三天抵達，住進Friedenau一家德國小說家經營的花園旅館。

旅館房間很小，但有一座花樹扶疏的庭園，像電影中的情節。

從旅館到柏林市中心，須轉車，「波茨坦廣場」是其中一個轉乘站。有一天，我發現廣場邊有一具肥胖人形銅雕，吸引不少人把頭探向它中空的內裡。原來，銅雕內部裝有螢幕及攝影機，是一位觀念藝術家的創作道具，螢幕間歇播映多種語文字幕，告訴恰巧探頭觀看的人：如果你同意留下自己的影像，就請按下左手邊的按鈕，這些隨機攝錄下來的臉像，將以藝術作品的形式公開展覽。

我沒來得及記下藝術家的名字，但十分湊巧碰上兩次按鈕的機會。那一刻因未預料到探頭後，會有文字指引，而且是要留影，以至於不曾預想自己的表情。在幾百幾千張大頭照中，安潔莉卡，這位和妳住在同一城市的藝術家，他分得清我是哪一國人嗎？他能夠從明暗度辨識出拍照當時是晨昏或日午、陰雨或炙日嗎？

按鈕之時即無從追索，只能任自己楞楞的一張臉寄居在那裡，將來，不論是否公開展覽，或只瞬間藏身暗房，我畢竟與柏林發生過關係，透過光的閃擊，烙了印。

以四排緜延不止的菩提樹做標誌的，是菩提樹下大道。舒伯特的歌〈菩提樹〉，與此街名無關，街頭的地標布蘭登堡門與巴哈的《布蘭登堡協奏曲》也無關。但對於我，透過音樂的感染、銘刻，這條街和這座紀念十八世紀腓特烈大帝的凱旋門，都有了親切的聯想。

十八日傍晚，柏林下著雨，布蘭登堡門後方的提爾公園，瀰漫一片深綠色水霧；門前，巨大的起重機轟轟轟地忙碌著，矗起一座五層樓高的足球鋼架。二〇〇六年世界盃足球賽即將在這裡開打。

離開柏林的前一天，原本光禿的鋼架已包覆黑白相間的足球皮，入夜，球體變幻出不同的螢光，比蘊含權力光輝的布蘭登堡門更奪目。

書上記載，一九八九年十一月九日，東西柏林禁制解除，第二天大批東柏林人湧進西柏林。

一張黑白照片上，布蘭登堡門四周擠滿了人，大門左後方一棵落盡葉子的樹幹，也站了兩個身著大衣向東張望的人。踩在樹幹上的人像懸垂在細密交錯的枝條上，給人圍牆鐵絲網的錯覺，同時投射出冷戰年代柏林的禁錮與焦慮。

時隔十幾年，同樣處所再沒有蟻群般麇集的人潮了，寬闊的大馬路行駛著各款汽車，路旁的豪華旅館，撐起一張張露天咖啡座的傘。德國人的理性驚人地顯現在生活秩序中，城市的建設不僅是爲了現在的生活設想，也爲過去的歷史負責。戰時遭破壞的建築一點一滴、一年又一年接力修復的同時，戰爭的傷痕與愚行，也盡其所能地留在博物館裡。

當年一百六十餘公里的柏林圍牆，在史普瑞河右岸那一段，現留作永久紀念。其他，一塊塊大約一兩公尺寬的牆版，零星地豎在馬路旁。石牆上有漂亮的壁畫，不留神還以爲是一般的街頭藝術。我用數位相機拍的幾面牆，畫了裸女、飛鳥、羊，還有一幅綠茵草地插上紅底STOP禁止牌的畫。

這些畫，早在柏林圍牆鏟除前，由許多國際藝術家實地彩繪，當時藝術無能撼動政治禁令，只能化作微弱的心聲。而今，政治禁令不存，圍牆藝術倒見證了人類對自由、和平與愛追求的力量。安潔莉卡，妳也送了我一塊小小四方的「柏林圍牆」，裝在透明壓克力盒內，我帶回台灣來了。我會記得，人類意識型態築起的高牆，最終擋不住人與人的關係。我也警惕，高山、大海都不再隔絕的現代，還有種族主義的牆、宗教信仰的牆、千千萬萬座人心貪欲的牆。

菩提樹下大道往東走，快接近史普瑞河，有一棟新古典風格的戰爭紀念館，巨大的圓柱、冷冰冰的鐵柵門，空蕩蕩的大廳正中，安放一具母親哀慟孩子的雕像，此外空無一物。屋頂圓窗一束天光恰好落在雕像上，多麼劇力萬鈞的傷痕象徵！我站在鐵柵門外怔忡，那瞬間高天恩按下快門，沖出一張立姿不同、四具人影如油畫的照片。

這座紀念館象徵德國人對戰爭中無名英雄與受難者的記憶。我想到中國民族對戰爭的膚淺與健忘，兩相對照，一個是有根的民族，一個就注定是飄蓬了。

安潔莉卡，妳告訴我務必要看的猶太博物館，第二天我抽空前往。

博物館在城南。大樓外牆不規則開窗，遠望像是機槍掃射、炮彈炸開的樣子。室內地板起伏不平，牆柱如斜傾的支架，呼應窗子裂縫的意象，行走其上有暈眩之感。館內蒐藏豐富，從一千餘年前猶太人的歷史文物，到二次大戰德國猶太家庭的生活錄影、相片……，一具懸吊的金屬鳥籠，分從三面擺放三台液晶電視螢幕，不斷地播映著猶太人的生活史，描述他們流放、離散、拘囚的狀態。

天光的設計在猶太博物館內，引人不自覺地仰首，同樣具有人向老天祈求的感動力。一間漆黑的放映室，當厚重的金屬門砰然闔上，則迫使人的意識一緊，瞬即連結集中營毒氣室的情景。我在兩尊手掌大的雕像前佇足良久，〈孤單的人〉表現俯身受罰，極其頹喪的姿態；另一尊〈無題〉，跨足、張臂、旋身的人體有抗暴的精神。

其實猶太博物館並不全然是這樣傷感的內容，室內一棵濃綠巨大的蘋果樹，就輝映出樂園的期許，鮮紅色蘋果型的卡片任參訪者寫下心願，然後沿著梯子攀爬懸掛到你想掛的樹上。紅媛和我各寫了一張，掛到最高枝處。我想那是一棵願力樹，不同語文的願力，共同祈求著平安、幸福。

上個月中東戰事又突然爆發，以色列攻擊黎巴嫩小鎮，望著報上炸毀的民宅，孩童蒙難、哭泣的照片，猶太人從受害者轉成迫害者，我回想起那棵願力樹，心情錯亂，無語可問天。

二十四日國際筆會安排作家遊河，穿越市區的史普瑞河。一個多小時的水上行程，我看到不少古典風格的建築，也目睹正在拆除的前東德石棉建材大樓。上船時猶有陽光，卻見遠處的黑雲趕來，急匆匆就落下一陣雨，等穿越萊辛橋，天空又映出一座虹橋。

河岸綠地上閱讀的青年，不知是柏林大學的學生，還是一般市民？河水粼粼，垂柳搖擺，閱讀者的身旁或是橫臥的腳踏車，或是守護的家犬，有人垂首專注，有人濯足瀟灑。安潔莉卡，一個城市有一條美麗的河流過，就有了恬靜安居的感覺！

柏林九天，若問起飲食，啤酒、蘆筍和香腸最令人難忘。時而黑啤酒、時而金黃啤酒，我和高天恩碰杯豪飲多日，肥胖如嬰兒手臂的白蘆筍，則讓我帶著痛風的指關節回到台北。返台前一晚，高天恩蒐購了一堆不同式樣、口味的香腸，攤開在床上，一粒粒形如小足球的香腸，一口一粒，味道最純正，鄰近超市這款香腸已全被他搜刮一空。他伴著這堆戰利品開懷的照片，教人發噱。

二十六日凌晨四時須起床。我刻意不拉窗帘，望著路燈下成百飛舞的蒲公英絮，漫無邊際地想著申克爾博物館裡的康德塑像何其瘦弱，不遠處那座猶太教堂庭中手持地球的是哥白尼嗎？又想，我兩度參加國際筆會，一九九九年在莫斯科，聽諾貝爾獎文豪葛拉斯演講，今年在柏林，又是他。二次大戰時，十七歲的他曾被徵召加入納粹組織「武裝禁衛隊」，是特別慘痛的戰爭經驗還是贖罪心理，使他一再地控訴戰爭，一再地抨擊侵略！

安潔莉卡，像這般人世的因緣實難以明言，而一趟旅行的記憶想必也不可靠。《去年在馬倫巴》那部電影裡的男子說曾與女子相遇過，女子卻毫無印象，是男子錯覺或女子健忘？電影裡的花園、石柱、噴泉，是實景還是幻境？

康德說：「給我物質，我可以創造世界。」

黑格爾說：「精神的保存，就是歷史。」

安潔莉卡，我所遇見的柏林與妳，是物質還是精神？柏林不會記得我，雖然我留下了一張影像在波茨坦廣場。而我會記得柏林嗎？唉，大約也只是如史普瑞河天際的彩虹，悠悠流走的水光！

——二〇〇六年六月二十五日寫於花蓮

〈藍色的窗景〉葉紅媛粉彩，2005

泰北清邁、清萊山區行

三日自曼谷飛抵清邁，同行的有世界日報趙玉明社長、雲南會館張介然理事長及辦公室同事。

清邁，白牆黑瓦的樓房錯落在青翠的樹叢間，遠處紫紅煙雲照映的山巒，傳說是白鹿出沒的吉地。街道由於空曠，因此不覺囂鬧，倒像兒童的臉般漾開一股清純之光。

來清邁，並非度假。有一千多公里的路在前頭等著——去探看四十年前一別長絕的異域之人。

當年馳騁於騰衝、薩爾溫江，以至於馬康山、帕噹山的李文煥將軍，已年逾八十，陪他的是歷史，是壁上于右任那幅「氣志如神」的草書條幅。領導第二代孤軍子弟奮鬥的責任於是落在大小姐李健圓身上。她曾經到美國讀書又回到泰北。柔中帶剛，高䠷的她，眉宇鎖著很多的沉重和不快樂，但仍然微笑迎客。多年來守著清邁，四十許而未婚，一遍遍述說她父親的流離，征戰。

小時候，她不與父親在一起，每年暑假，武裝衛隊會來帶她騎馬上山，到設於唐窩的指揮部。她父親坐鎮在那裡。

眼前我們喝的唐窩冰茶，就是二十幾年前李將軍從緬甸果敢山帶來的種子。從那時起就注定回不去中國了，士相渡河，出現歷史上罕見的一盤亂棋，保疆衛土的他們竟越過漢界渡過楚河，衝殺到異域來了。他們繼續打未完的仗，但他們不知道命運的棋盤會顛覆人的想法，終於不知如何落子。

唐窩原是李文煥的指揮部，二進瓦房，白灰塗壁，木樑結構，覆上石棉瓦，一條大長桌是運籌帷幄的中心點，正面懸掛世界地圖，右手是中華民國地圖，左手是撣邦行政區域圖。

「民國四十二年國府在聯合國壓力下第一次撤走一萬多人，當時指揮官為李彌；五十年第二次撤台，又一萬多人，指揮官為柳元麟將軍……」軍部政戰主任黃永慶說：「以後才是段希文將軍領導的五軍，李文煥將軍領導的三軍。直到民國七十八年泰國政府補給停止，最後的兩千多軍人，全部解甲歸農……」

早年泰緬邊區長年有他們的騾馬隊伍，幾十桿槍或幾百桿槍成列，除軍人外也携帶妻眷，走過雜樹叢、竹林窠、礫石坡，猛然響起一排敵人的槍，馬在硝煙中驚嘶。他們信賴的持杖者仍是心目中永遠的軍事委員長。那時，台灣正實施三七五減租、公地放領，成立了如火如荼的農業大軍。

當外面的世界數度翻新，泰北反而成爲中國人遺忘的遺民世界。「什麼利益都被放在空檔上。」曾參與怒江血戰、著有《怒江風雲》一書的劉振顯感慨世事如春夢，滿腔熱血成泡影，又說「遠適異國，爲人所悲」，四十年來，身分證領不到的、光桿一條的、死了沒有錢葬的、子孫看不懂中文的……苦難無窮數。

那位戴眼鏡的彬彬老者，遞給我的名片上寫著「清邁雲嶺中學校長楊蔚然」，言談古雅，他說：「四十年如一日者，艱苦而已矣。」自嘲是流動的人，曾戍守泰邊一千餘公里，從西邊的湄紅桑到東邊的帕嚐山。但現在共黨已不須守了，歷史玩弄了他們的角色。

大多數的難民既無中華民國國籍也無泰國國籍，通常只能困坐山區，走不出縣界，即使走出去了，有一天想家，又得擔驚受怕地闖檢查哨；一旦查獲，不僅身上的錢被沒收，人也可能坐牢。女孩子的遭遇更慘。回莫村自治會會長，講述幾個被強暴的實例，幾乎聲淚俱下：「我如果現在還有武裝，一定拚了！」

「天哪！」中國人當最最無可奈何之時每每呼天，斂去剽悍之氣的他們，還相信天嗎？當年我們情報單位的指揮陣地，轉眼化作泰北一座赤貧的山村。

炙烈的日照黃土種著像韭菜的作物，燒黑的樹樁，密密麻麻，像是兵燹的孑遺。距邊界兩公里的大谷地難民村住有四千多人，約四分之一無身分，一位八十一歲的老師長代表發言，語句簡短，萬般感喟。

講到戰士授田證，他說：

「一個釘子一個眼，當兵的人有了名字，才有補給。」

「現在不認我們，這個太滑稽了……」他指的是國防部還是情報局？

「希望政府派專案小組到清邁、清萊實地調查。」

「我們是你們幾十年的部下，不能不管不問——哄我們鄉巴佬！要不得——」

老人開始激動，站著的身體發抖，垂著的手也跟著上下抖，但畢竟歷盡滄桑痛亂，一臉堅毅的神色終於壓住了淚水。

門窗都還是一個個空框框的教室，掛了塊禮義廉恥的木牌，黑板上歪歪斜斜地寫著「我是中國人」及幾個阿拉伯數字。

他們準備了汽水、可樂、水果。蒼蠅旋飛在眼前，趕了又來，揮不走，只好頹然放棄。

這時，高學廉說話了，六十多歲的老兵，第一次撤台時二十出頭，渴望到台灣升學，他的長官把他留下來保護「反共基地」，他的升學夢也留下來了。第二次撤台時，他已三十，當了少校，還是想到台灣，但上頭說，反共不是一兩天的事，命他們在邊荒紮根。這一留，四十年過去。兩岸形勢一變再變，只剩「最後的堡壘」仍陷溺在一無法自拔的漩渦中。

所謂的「反共志願軍」，幾全是雲南子弟，他們說近似川音的雲南話，懷著蘇武別李陵詩的情感：「況我連枝樹，與子同一身……願子留斟酌，敘此平生親。」

他們的戰爭沒有結束，永遠是我們的恥辱——不可能看不到、聽不到、忘得一乾二淨。

一個在絕地轉戰數十年的軍人，在森林、在山頭隨時有死亡或被俘之險，在疆場視性命如草芥，還能在乎他的任職派令在不在身上，是否永遠在身上？

但現在他們硬是被「證件不齊」卡死，失去了戰士身分。我一面想著他們的辛酸，一面外望數萬平方公尺的一窪大塘，野鴨飛走了，水飛不走，他們能存活到現在，一方面靠自己的血汗，一方面也靠老天的庇佑。

歷史會不會有昭彰的一天？要五百年後，還是一千年後？或許根本沒有人會再注意他們。因他們現在已不是任何一方的籌碼了。後世也許只會記錄：某某時期，有一群中國人到了泰緬不毛之區，殘餘者落戶，與當地的少數民族通婚……但五百年後，這樣的記載也了無意義。

他們並沒有要爲死者求償。設在唐窩的木架鐵皮忠烈祠，供靈一千六百餘，光少將就有六位，從烈日烤曬的室外看室內，一團黑，雲在天風中快速移走，枯葉嘞哨作響，除了遠處的風號，雲塊背後似也有聲音傳出，我恍惚感覺天地有怨怒。一行人上香過後準備登車離去時，四周才安靜下來，樹梢也不搖動。

午餐在熱水塘村用的，我狠狠地喝酒，大聲地和軍部副參謀長瞿述誠講「三川半」（不及四川道地）的話。「走到哪裡都能適應，只要有飯吃就好……」他說。前額已禿，氣宇仍軒昂，老兵不死，只是日漸凋謝。那瞬間我覺得我也曾征戰中國，死過多次，又與袍襗重逢。

五日清晨在清萊省城略一盤桓，即往帕嚐山進發。

清萊，像五〇年代的台灣小鎮，市場青菜蔬果不少，路上有拿花的男人。頭戴彩帽、身背布袋者，不知是泰國人還是下山的少數民族。一般住屋都有院落，院中有綠樹。

陳茂修將軍住在這座海拔五百多公尺的小城。他的前半生與盤踞山區的毛共、泰共、苗共相周旋，後半生則領導他的弟兄在走過的土地上苦撐，種植梨、梅、柿、洋蔥、包心白、茼蒿、芥藍等。拉牛山之役，他們用衝鋒槍打緬共飛機；兩百人的隊伍，有槍者僅八十餘，而槍枝無故障者又僅得其半。所謂的「反共大學」是在這樣艱苦的情境下壯大起來的。

陳將軍最惋惜的一次出擊，在帕嚐山。拂曉出擊，深夜臥藏田壩，第二天清晨三時移近公路，並化裝潛行到清光機場，可惜遇暴雨，車輪深陷泥地，行動受阻，敵蹤也在暴雨中散去。帕嚐山戰役之所以從兩年拖成三年，這是一次關鍵事件。

他留在大陸的母親死了，當局不准道士念經，留在大陸的小孩前途毀了，無法獲准讀初中；雲南廣播電台逾五年的統戰歲月，他堅持挺過來，堅持到現在。

〈牆外的槐花〉葉紅媛油畫，2005

最教他不能釋懷的，不用說還是那兩千零一十五個人領不到戰士授田補償金的問題。「這筆錢給或不給，不僅攸關殘病者的生計，也是他們一生信念值不值得的最後檢驗。」

南返途中，我的心頭仍不斷浮現一幕幕情景：

在帕嘮、在聯華新村、在回莫、在滿星疊……幾十或幾百個小孩子，手揮中、泰國旗，肅立於廣場，茫然地唱著「我不管生長在哪裡，我是中國人……」有的身高還不及七十公分，他們是孤軍的第二、三代，沒有中國籍也未必拿得到泰國籍。

一位闖出帕嘮山的少年，在曼谷一家化學工廠手指被切斷，含悲忍痛自行找醫院療傷。沒有身分，老闆只丟給他一句話：「你如果要繼續待在我廠裡，我不會趕你走。」

在泰北「溫暖之家」服務滿五年的卓素慧小姐，原本在台灣是一位代課老師，她說：「台灣的孩子活潑，吸收能力強，肯講話；這裡的小孩較內向、害羞、善良，遇到麻煩，他們會考慮講出來是否增添別人的困擾，因此你追問底細時，他們常常以『沒事！』回應。」

卓老師又說，村裡有一位七十幾歲的老兵，娶的一位智障的妻子，去年還生下一子，嬰兒吃麵糊，缺營養，一兩歲站不起身。老兵生養十幾個小孩，存活的只有四個，兩個送進了「溫暖之家」。

「溫暖之家」的宿舍，一間二十人睡，壁上有掛鐘、佛像，還有點綴性的明星照片、一個蝙蝠俠的圖案。小孩子的心願在這裡多少能得到安慰。不像回莫村的安養中心，五十八個人擠在一間竹編的、無窗的破草房裡，用「家徒四壁」來形容，還嫌風涼；破竹墊上攤開幾牀薄被，角落有一、兩個裝衣服的紙箱、塑膠袋，看不到枕頭。牀下的青草地是死沉中唯一的生機。回莫種包穀、種黃豆，沒有一個人領有身分證，沒有一個人有資格把作物運下山賣；由於惡性剝削，一年一戶的收入不超過台幣三千元。

唯一設有高中部的復華中學的李校長，民國五十一年次，現在是一千兩百多村民、四百二十五位學生的精神領袖，他當著我們的面，告訴站在操場上的孩子：「總有一天長大，能夠回到自己的國家……要站穩自己的立場，努力奮鬥。」

滿堂村建華中學的老師霍更生，民國三十六年孫立人將軍當陸訓部司令時，曾來台受訓。三十八年到四十一年，加入湘黔桂反共救國突擊軍，曾攻下貴州、廣西六個縣。他永遠記得民國四十一年四月二十九日這個悲慘的日子，在廣西被俘，判勞改十八年；民國五十一年潛越邊界逃出大陸。他激憤地表示：「政府說沒有我們的資料，我說，共產黨有！」一九五一年五月一日廣西省共黨慶祝「剿匪勝利」專刊中列有他們的名字。去年他曾寫信到木柵給廣西軍區司令石世祐將軍的弟弟石覺（他們同飲一條河水長大），可惜石先生過世了。他想不起誰還能證明他的身分了。

三十八年次的任興禮，是滿堂村第二代，通泰語，長輩留他在村中聯絡辦事。他出示一張蓋了兩大枚手印的難民證給我看，每一次出縣界都要申請，申請一次管七天。如想外出，卻申請不到證件時，只好花錢買，他形容「天上一日，地上十年；老的拖死，小的拖老」。

六日午後到達美斯樂山脊，一樣的黃沙路上大量的灰塵灌進九人座車廂裡，攝氏四十度的高溫，逼我墜入眩目的無意識層。那些苦難已積累了近半個世紀，不是用三天時間的我所能遍覽，儘管我的淚水滴落在這塊飢渴的大地上，但明天我就要回到千里外自己的家園。他們呢？一代又一代，有人埋骨，有人出生；繁衍的苦難永遠比有形的里程遠。

「段希文將軍的墓在哪裡？」告別當年第五軍總指揮部，趙玉明社長問陪行的雲南子弟劉思松。他往滿山蟬聲的地方指了指說：「過了！」

——原載一九九三年五月十七日《聯合報副刊》

趙玉老觀音寺求籤

四月初趙玉老從曼谷打電話給瘂公，商量出席泰華五四文藝大會的人選。最後敲定兼有創作者身分的四位編輯。

我們抵泰前一晚，他剛參加了一位政要女兒的婚宴，當天中午也與人有約；晚上泰華文藝協會設宴請「台北人」，玉老當然在座，但酒過三巡，他換上深色西裝又趕著去參加一位僑界名人的喪禮，當主祭。幸好第二天勞動節不出報，不需他坐鎮報社，否則眞不知他如何分身。

離開台北七年半的趙玉老，仍然大口吃肉，大杯喝酒，大聲講話，熱情擁抱人。那天，他請吃西式自助餐，我坐對面，看他迅急地吃掉一大盤夾生蘿蔔絲蘸芥末的生魚片，一盤沙拉、一盤叉燒、雞、鴨、魚，外帶一碗湯，然後，若無其事地吃著水果，我忍不住暗道：廉頗也要讓他三分。然而，隱約之間，我還是覺出他的抑鬱，在意識型態對立、處處小心眼的曼谷社交圈，他斂去文人性格，再也不提什麼紅巾翠袖，代之以謹慎的分際周旋於人前。

偶聽他提起，打高爾夫的最佳成績是八十八桿，現在退至一百多不見起色。他嘴硬說不知爲什麼，我們也只嘻嘻哈哈跟他沒大沒小地皮來皮去。好幾次走在他後頭，看他微微扛背，甩著兩隻長手，就想到孤獨流落在山頭的E.T.。

泰華作家文藝大會上，他與文協會長饒迪華聯合主持，上一分鐘還爲傭人突然辭職皺鎖眉頭，這會兒已朗聲道：

「詩是什麼呢？詩就是——

分明

一

句

話

寫成

許多

許多
行
……」

他用這種調侃、有意思的說法，介紹我出場。稍早介紹小說家出場時，對小說也有一套，大約是：一個男人和一個女人，在一起發生的事情……台下都露出會心的笑。

泰北難民村訪問按既定時間是五月三日至六日。大夥兒希望玉老領軍，省得沿途操心，玉老自己也想親自去北邊看看、多了解點。但傭人突然拍拍手不幹了。趙媽媽滯留在台北學開車，小兒子趙偉文沒人照顧，的確傷腦筋。最後，玉老決定「自己上陣」的主因，是爲專輯的製作。

出發前一晚我碰巧看到他帶他的小兒子在一家晚打烊的餐館吃義大利肉醬麵。小孩氣嘟嘟地，懶得叫叔叔、阿姨，滿心討厭來煩他爸爸的客人——特別是他老爸竟要撇下他離家四天這件事。玉老笑笑地沒轍。

泰北行程緊湊，一次次眼見的痛苦和辛酸，翻攪著我們。夜深時，我們飲酒平復白天大起大落的心……相關之見聞，已記述於〈泰北清邁、清萊山區行〉一文，這裡不再重複；唯需補記一筆的是趙玉老在萬養村觀音寺求籤之事。

萬養觀音寺建地，係十二年前泰國皇家御賜，大悲殿白牆紅柱，頗見龍族的肅穆氣象，荒山野嶺有此建築，印象不能不深。只見玉老信步走進，拈香三拜，隨即從籤筒中抽出一支籤來，標號四十。他拈開紙卷時，我問：「求什麼？」他回說：「何時回台灣？」指的是正式調回去。

結果，籤注「六甲阻」、「謀望空」；籤詩云何已不確切記得，末兩句大意是勸慰語，希望籤主不要老是回顧來路，並且從今以後能推掉的事務應盡可能少攬上身。如果說「謀望」，是相對於他所求，那麼，「六甲」指的是逢甲之日吧——每隔十天就有一天挫折、不如意。籤注還有「婚姻緩」一條，玉老避重就輕道：「有點道理，你看，我不是遲婚嗎？」這就見他的深沉，不把占卜落空的失望和心中之痛形諸臉上。

七年半了！在曼谷，他把一份瀕臨收攤的報紙辦成可以靠廣告賺錢的數萬份大報。他用簡單的泰語、英語，在人生地不熟的地方辦的事，不會比一個外交官少。

在泰北最後一天，我們走訪金三角，玉老曾經到過此地，精神抖擻地當起導遊：「老劉，等一下把車子開到橋頭停下來，從Hotel上樓，眺望對岸……這就是三角洲，左邊這條是湄塞河……」隨手再一指湄公河上的機動小船，說：「當年走私鴉片，往往就是一艘小船來去，靠一桿槍保護……」當年的詭麗菸田，現在成了旱地，種上芭蕉和水鳳凰。「如果有誰能把這個地區幾十年的變遷寫成一部幾十萬字的小說，那一定是了不得的作品！」他興奮得像小孩似的。直到從青邁搭機返曼谷，入夜，登上飛機才掏出一把五顏六色的藥。

「吃什麼的？」我問。

「高血壓、糖尿病。」他有氣無力漫應一聲。

第二天中午他送我們搭機走，在機場餐廳「飲茶」，頗有依依之感。我沒話找話說：「送走我們之後，您第一件事要做什麼？」

「理髮。」他說。

看他扛著背、甩著兩隻長手離去的背影，我又想起徘徊在山頭的孤獨的E.T.，我不知他何時會回到他想回的台北？

——原載一九九三年六月號《聯合報系月刊》

春深的廣州・一九九一
——與九位大陸作家相逢在廣州

六日清晨離開廣州時，天剛濛濛亮，這個城市還沒有醒來，眼前罩了一層薄霧。我們趕赴白雲機場，準備搭早班飛機走，沿路街道因施工翻開的土面，這時沒有人車攪和，得到暫時的平靜。四天來，的確沒有比這一刻更寧和的了。

前夜睡眠極少，瘂弦先生帶頭到各個屋子辭行時，好幾次出現熱情擁抱的場面。心手相連，很俗的一句話，但莫非那一刻襲來的依依之感，所以後來當我對那坑人的辦事機制不滿，心中暗自嘀咕「去你的廣州」時，對於大陸作家的惦懷，仍是溫燙在心的。

僅一海之隔，在廣州，辦任何事都要多耗上一兩個鐘頭。譬如二日晚上我們在鬱悶的機場外等國老的班機，一等三個鐘頭。當地一位旅遊小姐說，從前班機誤點的情況更嚴重，現在算進步了，預計再過個五到十年就可以解決。爲什麼不是今年或明年？爲什麼要等五到十年？他們都習慣了嗎？「等著！」是你洽事時常常聽到的回應。有幾次我等得不耐煩只好先把電話掛了。

唯一一次存著希望而不失望的等，是三日下午，約好的大陸作家報到的時間。我們在樓下三個入口處各留了一份貴客名單，不時四處走走，希望能看到心影中人。白樺，我們一眼就認出；汪曾祺、吳祖光、從維熙，也是心有靈犀一聲驚呼來到面前。從台北、從上海、從北京、從太原……遙隔數千里，春深時節，打開四十年深鎖的重門，這回有大會師的感覺。不是等新客，是舊識，像久別重逢一樣。

行前已一一讀過他們作品，見面並不覺隔閡，難得的是這些作家也矜持貴氣，話題並不瑣碎地兜著自己的筆轉。舒婷的詩曾收入台灣版《現代中國詩選》裡，與瘂公和我有「同榜」之誼，她做事熱心，人緣好，看得出大陸許多老輩作家疼她。這回在聯絡上她幫了不少忙。吳祖光個兒不高，一百六十不到，是這群人年紀最長者，大半時間面容莊肅，與偉貞談《風雪夜歸人》在台演出情形，與我聊三年前平芝訪問過他（他分不清我們誰是哥哥），總覺他帶點心神別屬、恍惚客氣的距離感。白樺，與人自來熟，是想法最野放而衣著最拘謹講究的人，成天「眉目含情」般笑著，他眼裡有各種閃爍、隱藏、頑皮的意思，旁觀者很難加以評斷。

七十老人汪曾祺黑著臉、扛個背，喜怒不形於色。此老個性自有不群之處，廣州書展會場他繞了一圈就站到門外；到黃花岡公園，也只有他懶得登上塔樓；逛街時問他喝不喝可樂，頭一擺、眼一瞪：「這，我不要。」我想像他壓抑了許多感慨，是一個令人既好奇又無奈的老人。

從維熙，「難親於始」的作家，一根菸接一根菸猛抽，不多言。四月中旬在台北通電話時，他一再推薦女小說家諶容，我說諶容原在邀請名單中，但最初託人詢問時，她表示要去上海無法出席，現在新的名單已確定，不便再更動了。但從維熙還是很著急地一再推薦，背地裡我不免玩笑地損他：「好小子，想把女朋友帶到廣州！」其實，他是一個直腸子、爽利大度的人，倒教我一直慚愧對他初識的輕率貿然。離別前夕，他拍拍我的背：「老弟……」笑著，平日被煙薰的小眼清亮地放光。二十年大牆生活，未把他人性中執著可愛的部分磨蝕掉，在性情上，從維熙可算是另一型底子深厚的人。「我聽他的！」難怪劉心武一直這麼說。劉比從小九歲，他們各自經歷過風浪，擔驚受嚇又挺了過來，「我聽他的」是一種完全信任、共赴患難的交情。

四日上午，我們開始接到當地政府不歡迎來自台灣的機構主辦會議的訊息。瘂公立時決定更改座談會形式爲茶敘，爲防「監聽」，並取消原訂之花園酒店會議室，另外找了一個地方。但四日下午，又出狀況：兩位不願透露身分的人找到留在旅館未一同出遊的從維熙、白樺，當然還是勸阻開會。晚餐前，作家們幾乎都聚到從維熙房裡，氣氛凝重，被蛇咬過的神情出現在他們臉上，有人喃喃道：「回去會被調查……」有人建議由我們主動找對方說明，也有人歉然：「掃了你們的興！」晚上十一時終於與廣東人民政府對台辦事處的林先生在旅館碰上了。他說：「已找了你們一天。」前此我們曾接過無聲掛斷的電話，不知有關否？林先生一再婉轉而強硬地表達，在兩岸三通未解決前，開這種會議之不妥。他清楚聯副邀請函的內容，對跨海而來者的身分也略知。約至十二時，對方覺得已把要宣示的政策講清楚了，他的結論是：「不影響你們互相聯絡感情，個別怎麼聊都沒問題，但不要聚在一起開會。下回希望事先提出申請！」

以大陸作家之處境為第一考慮，瘂公緊急變更「接觸」方式，決定改成「一對一」訪問，並請大陸作家就聯副原擬之題綱各寫篇小文。我忍不住跟瘂公講：「沒想到真有一位『老大哥』在後頭監視。」舒婷說，最近特別緊，兩個月以前開這個會應該沒問題。政治的控制，說寬就寬，說緊就緊，一陣風一陣雨，其幕後情形我已懶得去置理。

離開廣州的清晨，在車上我漫無頭緒地想著李銳、李杭育年齡與我相仿，但除了文學，我們的生活觀念竟有極大的差異，不像老輩作家還有一些舊的、依稀共同性的遵循。劉心武說起大家的朋友小思、鄭樹森時，神情歡愉。舒婷不知是凌晨幾點塞進我門縫那紙條：「原諒我筆頭的艱澀。」爲五百字稿，她一夜沒睡……現在，他們都起牀了嗎？

心潮洶湧，廣州落霧。這個城市令人疲憊，我不知何時將重來？何時它會醒？但我知道此行不可能爲它賦詩了。

——原載一九九一年六月號《聯合報系月刊》

從漳泉來的

——側記作家原鄉行

從漳泉來的，像一群遠足歸來的大小孩，面上帶一絲絲疲憊，和掩不住的光采。十四日在泉州酒店「大會師」後，簡媜從提兜拿出三張籤條給我看，全都是上上吉的好籤，「這一張三平寺抽的，最靈……」在漳州南靖、平和兩地復建的老廟，她點香叩首，擲筊杯，隨緣問路，祖先把最美的祝語留在信仰裡，留給了她——「任君此去作乾坤」，「天須還汝舊青氈」——問愛情，預見花果結實；問寫作，應之以文昌累世的基業。是寫《資治通鑑》的碩學奇才呢！大家七嘴八舌笑著解釋籤詩。

王浩威常常和簡媜喁喁私語，一逕彌勒佛般的笑容。這個ＩＱ測驗卷突出的天才，臉上隨意一開展就是善良百姓的樣貌。在漳州從徐竹初老師傅購得六尊木偶，是他最令人覬覦的財產，我請他讓售一尊，他呵呵呵不置可否，左右手各擎一尊，舞來舞去，念念有辭：「啊哈，這一對是情人，不能拆散他們！」另搬出兩位大將軍，偶首裝有機關，眉眼會動，華服簇新，他更愛不釋手，一任兩大將軍在他掌上從左追到右、從右追回左，終於放進背包裡。在台灣，王浩威從祖墳石碑得知自己先人來自漳州平和；回到平和他沒遇到親戚，但卻結交了幾個雅好文史的鄉人。

認老鄉，廖輝英最能幹。一路上，據浩威說，她處處問，用心蒐集小說題材，也許不久就會有一部《重逢泉州》的長篇。她在福建的聲望比在台灣高，張三李四不認得王五陳六，但認得廖輝英，《不歸路》成了共通的語彙。除蒐集小說題材，廖輝英也收買她喜歡的東西，腕上一只新買的玉鐲，合台幣兩萬多，大夥的評價是：東西還不錯，但太貴。她不管，仍然不懈地買，買到最後又買了三個裝東西的大尼龍袋。

飯桌上，廖輝英不忌諱拿自己和簡媜的身材作對比，瘂弦先生善解人意地站在廖那一邊。「胖了，就不容易瘦下來……」大家正談到體質關係，但見廖輝英又點來一杯熱巧克力，於是噤聲無語。

阿盛，這一群人中最不多話的，論深沉，使人想起一九九一年《聯副》在廣州相會的大陸小說家劉心武——同樣是平時悶不吭聲而適時精準出手的角色。他是第一個找到同村「親戚」的人；他在老家拍的一捲照片，被簡媜這個頑童大意曝了光；王浩威殺價九百塊外匯劵買不到的一尊木製千手觀音，阿盛二話不說用八百五十塊竟買走了……所有這些，阿盛本人是絕口不提的。我和他同室一夜，他連睡覺都安靜無聲，蜷縮身子、枕臂、把頭埋進前胸，立刻就不動彈了；不像王浩威一個大字在牀，打起呼像拉動一具強而有力的風箱，規律的、高分貝的！

回台最後一程，我碰巧又和阿盛鄰座，「幾年前我母親想回漳州看看，我因工作忙碌推拖，沒有陪她老人家成行，結果……」現今他母親行動不便已無法一圓回鄉之夢。阿盛講不下去，眼眶一紅，淚水滾流而下；四十好幾的男人，我看他不斷用拇指抵住鼻孔；言詞背後是無聲的思想，無聲的傷痛教人心酸，不知如何安慰他好。

侯吉諒在泉州，戴一頂圓盤小帽，身邊常有一個大陸朋友跟著，一副老神在在的樣子。由於他是《聯副》同仁，因此作家們對他的服務期望也高些，他的老家在南安，卻要陪著漳州來的走漳州，及至到達泉州，又把泉州文聯的車子讓給回安溪的廖輝英，另外租車去南安。最後一天在機場，他削梨子分給大家吃。

比起兩年前與大陸作家「相會在廣州」那個專輯的製作，這次漳泉原鄉行，辦起事來輕鬆多了。時機固然是一大因素，張賢華、袁和平、劉登翰這幾位福建作家的協助更是主因。領隊瘂弦從頭到尾都不需像上回忙交涉，他有更多閒情逸致玩照相機，拍閩南建築，逛花鳥市場，聽南管，體現「溫柔之必要，肯定之必要，一點點酒和木樨花之必要」。

從菜市場的魚肉蔬果、商家買賣以及人民言談的樸實，我們看到很多台灣過去的影子。馬路兩旁、山坡曠地到處熱火朝天的興工，更讓人低回感慨：這裡曾經是海峽對峙期的前線，戰爭的狀態一解除，他們要把三十幾年的延遲趕回來。他們很快會做到！

在福州最後一晚的惜別宴，大夥不太敢勸酒，因爲隨後有一個兩岸作家對談，東南電視台現場錄影。八十幾歲的老作家郭風、福建師大教授孫紹振、海峽文藝出版社社長林正讓、台港文學選刊副主編楊際嵐都在座；方言寫作、族群認同、兩岸之出版交流與文學之純淨追求，都是討論的話題。

晚上十一時半最後的訪談結束，從漳泉來的大小孩們還捨不得回房睡覺，一票人又在〈今夕是何夕〉、〈微風吹動了船帆〉、〈濤聲依舊〉……高歌聲裡到天明。人生免不了的客旅情懷，依依、惆悵、空寥，在黑夜中慢慢爬上了各自的心頭。袁和平、朱谷忠這兩位唐山作家奮力打起精神陪到底。我問他們，家人幾天沒看到他們，不嘀咕嗎？「習慣了！」魯迅文學院出身的一級作家袁和平漫應道。無怪乎古人有「十觴亦不醉，感子故意長」的詩句。

從前，唐山過台灣；現在，台灣人爭相至唐山。明日隔山嶽，眞的是世事兩茫茫。唯一可以確定，從漳泉來的，明日就要回到台灣去了。

——原載一九九三年十二月六日《聯合報副刊》

瑟瑟的風在低語

——陸正父母與三毛對話

五日，天氣寒冷，溫度降到十度左右，真正感到是冬天了。

對談的人約好下午四點半在聯合報見。三毛先到，裹著風衣，起先她堅持要站在樓下大門口等陸晉德、邱素蓮夫婦，她說：「他們受盡了苦難。」

比預訂時間遲了十分鐘，等的人還未到，我們相信是台北的交通拖慢了那對趕路人的腳步，乃決定請三毛和背著相機的鄧興先上樓。

就在這刻，我看到他們了——最傷心、勇敢的父母。陸正的媽媽挺著大肚子，穿黑底白點的孕婦裝，她給人的第一印象是，似乎剛剛還哭過；陸正的父親穿淺灰西裝、身量不高，卻是一個脊骨硬挺的人。

他們如何走過兒子被綁票，長達十個月生死不明的那段路？如何自人生的大慟中鍛生熬下去的勇氣與智慧？以後呢？漫長的歲月，怎麼樣學習忘記、平復驚悸？怎樣面對社會、家人和自己？事情沒有發生在自己身上，我相信，沒有人能眞正觸摸到原本也是「尋常百姓」的陸晉德夫婦內心深處！

重新檢視這段「傷心之旅」，在彼此不熟的情況下，多少有點教人不安。幾天前決定這場對話人選時，瘂弦先想到陸正的母親，再決定三毛。我們估計她倆可以談，可事先完全未料到十月中旬三毛和陸家已有過一段電話緣。

「這孩子和他爸爸更親近——」我打電話到陸府說明時，陸太太希望有陸先生參與。我與三毛聯繫時，她則說了荷西死時她的親身感受：「對一個傷心的人，讓他講他還沒忘的人，不但不會傷他的心，反而得著安慰。」

於是，時間、地點和談話主題都定下了。

對談開始，三毛側身更靠近陸先生和陸太太，小聲地從十月一天清晨她打的那通電話講起。陸先生從口袋裡掏出爲那通電話追記的一篇短文。開頭有些阻滯，語氣因彼此謹愼而低沉沉地不順暢，漸漸，陸先生侃侃而談起來。陸太太仍是我第一眼見到的長夜痛哭過的眼睛，靜靜地聽，適時吐露幾句心底的話。

最令人鼻酸的場景，一一在聽者眼前浮現……

曾經，陸正的父母在車上裝設麥克風，像鄉間戲院的廣告車繞行新竹大街小巷，呼喚陸正，哀求殘忍的綁匪。當陸太太日夜哭泣，乍然瘦掉七公斤時，陸先生只能吞聲鞭策自己多吃飯，要活下去與綁匪周旋到底。他們也曾脆弱過，發生「為什麼偏偏選上陸正」的吶喊。陸先生描述，他白髮蒼蒼的老母親在光復路口指著他罵：「陸正到這世上騙了你十年——」陸太太接著說如何癡狂地求神問卜，在神明的指示下每天為陸正準備好換洗的衣褲，但是為什麼最後總落空，讓她對所有的信仰都失去了信心……三毛哭了。鋪著地毯的小會議室安靜無聲，人不多，「ㄔㄨ　ㄔㄨ」抽搐鼻涕的聲音卻不斷。

偶爾沉吟，偶爾停頓，陸家夫婦勇敢地講著十歲陸正活著時的夢想；含淚整理陸正的照片，企圖將一張張「二百五十分之一秒」的鏡頭串連出陸正十年的歲月。在這樁慘劇上，誰能沒有怨恨啊！而現在陸晉德夫婦經由不斷的試煉，顯然已超脫了怨恨。兩個鐘頭前他們才參加為籌設「陸正教育基金」而開的記者會。面對社會刑案的猖獗，我們看到了一種犧牲的典型；在鏗鏘有力的詰問中，他們主張「以直報怨」，對付冷血的惡人。

三毛留下地址電話，承諾為「陸正教育基金會」貢獻心力。瘂弦送下樓，為他們叫車。夜色加速落下，唯瑟瑟的風在低語：人間的黑夜靠燈火點燃，人心的黑夜呢？

——原載一九八八年十二月十二日《聯合報副刊》

輯 IV

她出現了

「因為她那神祕的沐浴延長了許許多多日子。然後一天早上，當太陽正上升的時候，她出現了。」遊星B612號上的小王子和她的花是這樣初遇的。

這故事告訴我，那朵花，是不隨便出現的。她花很長的時間準備自己，整理自己的花蕊，也給對方充裕的時間在重山複水中繞遊，繞過柳暗，繞過花明，而後才繞進村子裡。像我繞進一九七五年的博嘉村，正碰上一個鑼鼓喧闐的節日，村子被青山圍繞，彩霞在天邊燃燒，露天流水席幾乎聚集了全村的人，我們的眼光交會只來得及交談一兩句，她還要趕一個劇場，在城裡頭。「劇情是……」她簡單地說著。「喔，原來……」我漫應道。「喜歡劇場嗎？」又問。一長串鞭炮適時爆裂開，「什麼？——」我大聲問。「喜，不，喜，歡，看戲？」「一點點……」「一起去吧。」忘了最後這句是誰說的。她像相約在城上角樓的靜女，我因村宴酒實在飲過了量，胡琴才幾拉，「愛而不見，搔首踟躕」，人已入到夢裡，舞台上演什麼，全不記得了。

我有時會想，爲什麼是她？這就是愛情的祕密嗎？

「她是我的玫瑰花。」許久以前小王子這麼說。

「我爲我的玫瑰花所花費的時間使我的玫瑰花變成這世上唯一的。」我於是抄了一個句子，只改動幾個字，把「你」替換成「我」，意思還完全一樣。我究竟花費了多少時間，她是不曉得的。我有時也這麼想。

「給我起個講稿。」是許久以前播音女孩說的。

「陪我到琴房練琴嘛。」是音樂女孩說的。

「這篇經文怎麼解？」則是夜讀的面色蒼白的女孩在問。

還有常以秦觀、柳永、李清照的詞跟我寫信的人。而眞正的玫瑰，我究竟花費了多少時間等她？原本她並不與我說話，她和其他人走在一起。我剛退伍那一季，只會唱軍中學來的歌，她穿著七〇年代的花色緊身T恤、青翠的喇叭褲，在山光水色裡走著，在另一堆人群裡，存在我記憶的只是一縷翠色的影子，一陣風。

然而，與她同行的人對於她是死火山，她對於我也是。「誰料得到？」就像B612號小

〈十三朵紅玫瑰〉葉紅媛油畫，2005

星球上住的人說的。秋涼以後，在那個山村的慶典上，我用眼神打掃的死火山開始冒出火苗，輕輕而有規律地燃燒起來了。

「她出現了。」我告訴與我一同只會唱軍歌的朋友。

「讓我猜猜是誰？」他端詳許多張合照。

「這個比較像！」「不是。」「那是她嗎？」「不是。」「難道是她？」換他睜大了眼：「不會吧？——看樣子很恰喔。」

非當事人怎知這一神祕沐浴的過程；不經神祕的沐浴，世上有一種愛是不會被叫醒的。她的出現到底得到誰的幫助？是隨季節飛的鳥群？是郊遊那天的風、花香？還是山村裡的肅穆與歡騰？

這問題得好好去思考，因爲那只是故事的開端。

——原載二〇〇〇年十月十二日《台灣日報副刊》

美麗的工作

「我嗎，假如我占有一條圍巾，我，我可把它纏在脖子上帶著走。我嗎，假如我占有一朵花，我可以把它摘下來帶著走。」小王子說。

這樣的許諾，你說是幸福還是負擔？愛如果不沾點孩子氣，那愛，如何會發光？像孩子喜歡一樣東西，占有了就不捨得給人，不輕易讓出，走到哪兒都帶著它，圍巾和花與自己一樣重要，圍巾是我，花也是我。孩子氣的占有，沒有被糾纏或不糾纏的困擾。帶著，感到幸福；被帶著，也感幸福。

當我開始每天起牀第一件事也在遲疑地自問「我嗎——」不像嚴肅大人說的話，我就知道我開始有了對圍巾和花的許諾。中午有人要多做一個飯盒給我了，我一口一口地品嘗，昨天帶的什麼菜，今天帶的什麼菜，明天呢？日子好像加了味，多了一些綽約的影子。吃飯的時間，胃被占有；不吃飯的時間、睡覺的時間，心被占有了。那時我還不知道，她做的飯將養我一輩子，生命在那一刻已完成了一個儀式。而美麗的工作，是因工作正式進到儀式階段。

忘了爲什麼我們來到一個寧靜的小鎮，在入夜的燈火中走進一棟友人的屋舍，主人度假去了。我們有一夜的時間閒閒地做飯菜，閒閒地坐一塊兒，聊一些閒適的話，有時也不聊什麼，在一張水涼的牀上預習家的感覺。那樣的日子不可能忘記，因爲你做的是美麗的工作。然後，一九七六年仲夏，在一個詩會上，我念〈新婦的演出〉，她穿上紫色舞衣，跳那隻漢朝的孔雀。詩爲人而寫，舞爲詩而舞，從漢朝向東南飛啊，五里一徘徊。互爲點燈的人，那年，我住南邊，她住更南邊，沒有共同的家，南邊與更南之間像兩顆環繞的星球，我們去而復返，運行成軌道，每天早晨讓一朵花活起來，晚上使它們入睡，放心做這同一件事，並且相信生命還有一萬八千兩百六十次的日出日落！

我要在她路過的地方等她，在她搭車的地方搭車，在她下車的地方送她。她則在我看書的時候看書，等我休假時一起休假，看想看的電影。那時她還不知道，以後許多個晚上，她會在臨窗的高樓上往外望，在車水馬龍的街道尋找我開回家的車子，在門邊傾聽我步出電梯的聲響，在我扭動門把同時打開門。

〈香水百合〉葉紅媛油畫，2005

「眼淚的世界是非常非常神祕的。」有一個小孩用孩子氣的口吻告訴我們。「是啊，」我已感覺到那神祕，當我在星空下趕路時，也學孩子的口吻說：「我的花在哪裡，你看不到；別人看不看得到也不重要。我要去她的星球，要帶著她走，即使吵了架嘔了氣也帶著走。」這是許諾，不是大人世界講的嚴肅的話。

如果她是在成千成萬顆星星中唯一的一朵花，「我嗎——」爲什麼不給那些吃花的動物（例如綿羊）戴上嘴套？或者就給我的花一副護身冑也好，以免她作噩夢，中夜情不自禁地啜泣起來。

——原載二〇〇〇年十月二十二日《台灣日報副刊》

一個指環

當小王子看到有月光色澤的一個指環在地上蠕動的時候，他脫口而出：「晚安！」

小王子掉到地球上第一個碰到的，不是地球上的人，是有月光色澤的一個指環——一條蠕動的蛇。那條蛇讓他認識了愛也認識了死。那條蛇是教小王子吐露「愛情身世」，在沉默與凝視之間感到有點寂寞的對象。那條蛇躲在每一個人心深處，我想，陰性的、羞怯的，是我們的一縷心思；心活的時候，蛇溫柔良善，心死的時候，才反激出凶厲的噬人的姿態。

大部分時間牠像情人的眼神，穿行在現實與夢境之間。當男女同學牽起手來，男女同事一前一後相隨走出辦公室，雀鳥啼鳴，寧靜的空氣傳來濤聲，牠就是那濤聲，流過來流過去，是兩個人的眼神，如同有人問我時，我會望向她，有人問她時，她會望向我。

雖然蛇在小王子眼中「甚至於連腳都沒有」，但牠帶著情人去旅行。在漆黑的咖啡雅座，像一點燭光把他們帶到遠離塵世的角隅，高背椅圈起來的黑暗裡，有眼睛發亮，有眼睛迷濛，蛇若無其事地對他們張了張嘴：「你們是純潔的。」於是情人試探對方身體以慌亂游動的手，交纏以熱烈的呼吸。冬晚，從腰際帶進一縷涼風，十指彈弄豆筴，珠蚌吐出透明的氣泡，鷓鴣欲啼而未啼。

雖然有人說他們還不能一道去旅行，但情人會聽誰的話！他們已一道露營過了。在海濱金黃的沙地鋪好一張讓夢翻轉的牀，外面沒有太大的風，海湧卻十分清晰，藍白交滾，那是蛇頭、蛇身，那是蛇腹、蛇股……他們感到海浪一陣陣撲來，像規律的不由自主的呼喚，來，從遙遠推移，一股浪頭過來，捲高，又嘩地下沉……

「看看我的星，它剛才在我頭上。」一個說。

「看看我的星，它現在在我頭上。」另一個說。

「我可以把你們送到更遠——」蛇說。

我始終相信蛇說的話。當時間過去很久很久，身體不再像從前的海浪一陣陣撲捲，兩顆心仍然可以；當我重新注視很久很久以前朋友畫的那幅彩畫《纏緜》，多麼旖旎的風光啊，忍不住讚嘆那一條條五彩鮮明的情思如蛇交挽摟抱，色彩鮮明不褪，好像是昨天才畫好的；當我陳列許久以來從各地蒐得的蛇的紀念品：這是金字塔釋夢的一條圓紋，這是赤道神殿天啓的絕句，這是我自行捏塑的盤屈的一座城池……我看到牠們一一揭示偕行的謎底，揭開了人生的謎。

「所以我絕不和一朵花過不去，」我對小王子說：「雖然我的這朵花也相當複雜。」我將有一個月光色澤的指環戴在左手無名指上，小王子凝視它許久，這回沒有說話。

——原載二〇〇〇年十二月一日《台灣日報副刊》

節日

「最好請你同一時間來。」狐狸對小王子說：「假如你下午四點鐘來，從三點鐘開始我就覺得幸福。時間愈接近，我愈覺得幸福。但是如果你不管什麼時候來，我將不曉得什麼時候做心理準備……我們應該有節日。」

「我們」不是不相干的人，要成爲「我們」，須是彼此馴養的人。我們，有許多日子和其他的日子不同，許多瞬間和其他的時刻不同。

我們，是我和她。

二十幾年前的一個秋天，我們走在街上，她揹的皮包在人堆裡被打開，訂喜餅的錢被扒空。她流出傷心的眼淚，「沒關係……」我記得當時是這麼想，也這麼說。歡喜的心思受挫，好比被迫楞了一楞，但許諾我們的第一個節日，注定仍許諾，這一個節日且寫下金錢散盡仍要同行的寓意。她穿起紅白條紋的連身裙，掩不住的光采流轉，粉妝玉琢眞有上海風華，時常也有人提及，好像好像那在香港寫《傾城之戀》的女子的神情。

我們原定三年後結婚，卻擔心韶光一點一滴老去，怕生命中許多遭逢將有一人缺席。當我們新漆好一棟小屋，愈益覺得立春不如迎春，於是就有了第二個節日。我們，在戒指內環刻對方的名字，在照相館留下鎂光燈的烙印。每年的二月及農曆七月都另有一個日子讓我們期待，期待去說玫瑰花說的話，去回憶兩人還坐得遠的時候，但才一轉眼就漸漸漸漸走得近了，不再拿眼角的餘光看對方，而是張大眼睛來凝望。這樣的節日，不必多話，只一起上上館子，看看電影，散散步，說想說的，或滿滿一顆心什麼也不說。

偶爾我們也去山上過清明。先是她父親的，再是她母親的。心疼如雨水淅瀝，難以安枕。怎能無恨？果眞如書上所說物之生死各應節期，那麼還有什麼樣的感情需把握，什麼樣的事要求當下去做？

「來生，希望爸媽做我們的兒女，讓我們好好寵一寵他們。」有一回她黯然道。生命有硬生生折斷的一天，但每年的這一天又讓折斷的思憶接枝重活。我們在墳前種樹，在燭台點燈，在香案插香，跪拜之際灑酒並燒金箔與銀箔。我們，用不同的心情體會了節日也有的哀傷。

「如果分手了，還見不見面？」又一回她問。

「沒有如果。」我不想回答。

「唉，說說看，只說如果有那麼一天……」

「那就約定結婚三十週年紀念日那天，晚上七時到艾菲爾鐵塔下相會。且不管是否已分手……」

她搶話接：「以巴黎的時間爲準，不見不散。」

不管天涯海角，不管星移斗轉，都要去！這是我們的小祕密，這一天會一日日接近。是因爲覺得平常的節日銘刻盟誓仍不足以感覺幸福，或爲紀念未知的悲傷而預先消去離合的符咒？我們就這樣約定了一個節日中的節日：相約趕往巴黎，在香榭大道上重逢，讓三十年前年輕的一對戀人再年輕一次。

讓我們一直散步到葡萄園去。爲了這一個日子的到來，我們隨時對錶，每一時每一日於是也都有了與節日相關的感覺。

——原載二〇〇〇年十一月九日《台灣日報副刊》

任命

「陛下……你統治些什麼？」小王子離開自己的星球後，碰到一位國王。

「一切。」國王簡捷地回答。

我離開我獨居的星球後，碰到了她。我記得她說，你怎麼穿得這麼土？她逕自將我衣櫥裡不合她眼光的衣物打包捐掉，替我買了深色的外套、黑絲棉襖、暗紋厚毛料長褲、細格子花襯衫。她任命一匹路上相遇的灰撲撲的狼，回到草原上變成奔馳的虎豹、貴氣的獅子。她有自行認可的宇宙。

「嗯，這才顯出氣質。」她對自己的審美能力非常滿意。我卻時常問自己：「我以前怎從沒想過？而她就這麼有自信！」

就拿買衣服來說。在一家家布莊、百貨公司中穿行，她飛速過眼、隨手翻檢，立刻可加評斷。起初我裝出一副興味來，一路跟著瀏覽，不久，只覺一大堆式樣、一大片顏色都沒什麼分別。一旦失去注意力，就感到乏味了。

「坐那邊等我……」頭幾年還一起逛街時她這麼說。後來改成她一個人先四處去看，有了主意再另找時間約我去。

「你是一家之主，大事都由你決定……」她常說。但哪些是大事、哪些是小事，由她決定。家中的擺設由她決定，自然是小事；什麼時候外出度假、吃哪一家館子、買什麼東西、看什麼電影……這些，我也都欣然同意不是大事。那麼，歸我管的大事是什麼？大約是：房屋漏水怎麼辦？存摺沒錢怎麼辦？情人節的玫瑰花很貴怎麼辦？寫給她的詩寫得不好怎麼辦？她並不嫌我只領固定的一份薪水，只是一個受制於工作的上班族。「那不是你的錯。」這句話雖沒說出口，但她的心情、態度是這麼表示。

一年又一年，我的工作愈來愈忙，待在辦公室、學校、書房的時間變長，「抱歉，還有很多事沒做完——」我有時在電話上說，有時在她臨睡的牀邊。「沒關係，你去忙吧！不用管我，累了就會睡著。」一面說，她會闔上牀頭的書，捻熄燈，叫我趕緊去忙。「都是該做的事，不做也不行是不是？」委婉是她的道理，溫柔是她的權力。

有一陣子我苦無詩作，她知道那是生活沒有餘暇、沒有空間，她催我一個人出去旅行，我到了峇里島，寫了一輯《不能遺忘的遠方》。

有一年我準備重返校園當博士班老學生，她知道任何考試都不能掉以輕心，考不上對我的心理會有影響，於是催我離開台北，閉關一個禮拜埋首整理筆記。

最教我心折的，她還催促過她所信的神明：「如果什麼什麼是他所期願的，神明啊，請折我的壽，完成他的心願。」以至誠與天命對話，竟不惜改造自己的運行軌道，希望神明在我的生命中有一個新的任命。

孩子出國念書後，家裡就剩她和我兩人了，像在一顆非常小的行星上，不是她對我說話，就是我找她說話，她能管、需要管的事實在不多，我有時會想起小王子遇到的那位孤獨的、像孩童演戲般的國王，「陛下……你統治些什麼？」「一切。」國王簡捷地回答。我祝禱她也有國王的感覺，她統治一切，而我是那「一切」。

——原載二〇〇〇年十二月三十一日《台灣日報副刊》

愛情這顆星球

「你從遠方來的吧？你是探險家，請爲我描述你的星球。」

遠方有多遠？二十三年一步步行來，算不算從遠方來的？

從小看過不少愛情表演：童話故事裡的、電影裡的……也聽過不少愛情故事：那些發生在遠古的傳奇，或者左鄰右舍男男女女的遭遇……。接下去的二十三年，就是自己親身的「探險」了。

愛情像什麼？是幾條縱橫交錯的路嗎？爲什麼走這條不走那條，都由誰來驅遣、召喚？

愛情不會只是一張風景明信片吧？——看到靜靜的河面看不到急湍，看到盛放的花朵看不到枯損的葉。明信片沒什麼祕密，也沒什麼奧祕，比起封緘的信，硬是少了一點心，

〈夢中所見〉邦兒高中油畫，1999

少了一點寫和讀的感覺。

從來沒有人說得清愛情是什麼，以至於無數的人一直在爲它編寫很厚很厚的書，像小王子訪問過的那位「地理學家」一樣，是一個懂得哪裡有海、有河流、有城市、有山脈和沙漠的學者，但竟不知眞實的山和海、城市與沙漠在哪裡。

小王子說的是經驗。除非醉過、愛過，不會了解酒與情的眞實感受。未經星船的發射，未嘗在軌道間運行出一座磁場、在黑夜的天空發光，是稱不上探險家的。愛情是一顆星球。雖然很多人也擁有過衆人的祝福，也曾收受一堆愛河永浴、白頭偕老的頌詞，自以爲婚姻就是愛情，卻不知危巖禿壁不等於一座山，「地理學家」在工作室計算日子的短長和兩人世界的生活不一樣。

回想很久很久以前，我仍清晰記得的一些場景：

提親前夕，攜兩打紹興酒，過橋去探望準岳母，感受做母親的那種窖藏女兒紅的心情。

婚後，還沒有自己的房子，兩年搬了三次家，時常望著城市馬路安全島上的樹，漫興起巢居的夢。

每屆年關，徘徊在年貨市場，挑選金華火腿，盤算荷包裡的錢，大的買不起、小的又覺得不夠大的惆悵滋味。

終於用年終獎金，買下一只亞米茄錶送給她的歡喜……

因爲辛苦地做了這些那些事而永遠記住，記住這樣那樣的生活是辛苦過來的，構成一種特殊的基因圖譜。然而，綿長的歲月還是不免出現一段段時間的空白。「那時候你都忙些什麼？」許多年後她問。「是啊，那時候在做什麼？」不知歲月如何被消的磁：「妳呢？」「放了學，坐公車去接康康，回家做飯，念故事書……咦，後來你晚上不上班，我們又做什麼？」「……」消去磁力的星球不是星球，因爲缺乏山海的景觀，沒有城市與沙漠的變化。

很久以後，我們才眞正開始共同旅行的計畫，有了尋找一座湖隱居的想法，知道愛情並不是隨隨便便的行星，需要運轉才會發光。

——原載二〇〇〇年十一月一日《台灣日報副刊》

向一口泉水走去

小王子說：「使沙漠美麗的是它在什麼地方藏了一口井……」

「那一顆星星最亮！」她仰著頭數，在東邊的天上，越過將軍嶺，有時三、五顆，有時十六、七顆。有時我們也指點著遠近高樓和大橋上的燈火，或默默地眺望，默默地同意：「這一刻很美。」

她蹲下身，在兩坪大的陽台看花，沙漠玫瑰的樹身胖胖地如盆栽的雀榕，花謝掉的紫羅蘭不起眼如一株幼木苗，睡蓮的葉片因缺肥而越來越小，「幸好桂花還香著。」有這一點香氣就夠了，加上正人君子般的墨竹，鄰居般隨和的軟枝黃蟬、九重葛，我們覺得：「也挺美的。」

在一盞燈下，在一間屋裡，坐一張沙發椅，泡一壺茶。她喜歡菊普，我愛包種，共同傾心的是茶性，澀而不苦，淡而有味。看看書，看看報，看看照相本和旅行紀念品，一起回憶，往往又覺生活勝過品茗而像是在對飲一壺酒了。最特別的「酒經」是有一年我們自釀了一罈葡萄酒，就藏在餐桌底下，啓封後一小罐一小罐地瀝出，喝了一個冬天外加一整春。一杯一盞，良夜何其，雖不過一罈酒，卻因是自己選葡萄，親手封藏，使它成了屋子裡的寶藏，像隱藏一個祕密……

「……我們那時都做些什麼？」也是一個陳年似酒的問話。

我們唯一最清閒的歲月，而今想不起具體做了什麼大事，想來正是不留神就不銘記的，例如用心在遠處的眺望，或蹲下身來的凝神，或對坐冥想，把一朵花藏在對方望得到的星星裡。這一切是情，不是事。

「那些星星很美，因爲有一朵花藏在那裡而我們看不見。」我回想二十餘年來與她共同生活的場景、共同建立的生活哲學，眞像小王子說的「從從容容向一口泉水走去」。

心是那口泉水。心不隨處存在，要花時間開鑿。沒時間開鑿的人看不到井、看不到泉。心裡感到口渴卻貪圖口渴特效丸以解渴的人，自然也不會向一口井走去。

我像那位在沙漠抛錨的飛行員一樣，當他向一口泉水走去，他感到幸福，也確切感到使泉水美麗的是看不見的東西。「而我的妻子她……」我想說的是，若她在睡夢中找不到我而驚出一身冷汗，我叫醒她，驅離那夢魘。若她正在高樓臨街眺望，則我捨下一切冷淡的寒暄或熱情的觥籌，急速馳回。唯我不嗜睡，在鬧鐘響後即起身，在她耳邊說等一會兒再叫妳。時常，我摩挲她蒐購的紫水晶塔、黃水晶球，大大小小各式各樣的水晶，我覺知她的磁場，安靜而強悍的願力。

我的妻子她……，一個不能忍受我說半句重話的人，善良敏感，脆弱多愁。二十三年來，我帶她用心靈去找那口井，讓她聽到那口井的歌唱。

——原載二〇〇〇年十二月二十一日《台灣日報副刊》

很藍很藍的對話

「我看起來像要死去一樣，而這將不是眞的……」小王子痛苦地說。

沒有病痛的年輕歲月，她也遙想死的蹤影。如一滴水滴墜入沙漠，瞬即消失，每一個人都會回到最初留下腳印的地方，小王子是在地球一週年，其他人呢？會是七十、八十還是九十？日子未必剛好是一整數。

「到時候，不可以讓我痛苦。紅色、紫色、粉紅……要很多很多玫瑰花。」她說那一刻：「我喜歡的音樂，像舒伯特……」

像是已經很老很老的人，我們，靠在一張躺椅上，茶還有餘溫，所說的話語是爲慢動作配音、是旁白。

「人不要多。甚至根本不要什麼人，幾個親人到了就夠了。還是燒了的好，比較乾淨。

也不用放罐子裡讓你麻煩。」說話的心情是泡開的茶葉舒展在水裡。

「你說罐子放在家，更不用了。撒到海上，要找最漂亮的海喔。蘇花公路很藍很藍的地方，有一次我們開車累了，在那裡打過盹——

「反正我也不想活很長很長，就七十吧。長壽有什麼好？吃不能吃，走不能走，玩也玩不動，那多慘，晚上更睡不著……

「是啊，先走的比較幸運。你不是說要活八十九嗎？嗯，我多出來的歲數送給你。」

她用比現實有趣的色筆勾畫來日，畫那些開在她夢裡的玫瑰。當書裡的飛行員找齊了飛機零件，小王子也找到了他從前未曾注意到的金色陽光。她提早把計畫告訴我，像編一齣劇，兩個人的戲。

「我想，死將不是真的。」我借了書上這句話當引子，說：

「因爲愛也有生命，是不死的。軀體不重要，我會感覺妳睡著一樣，抱著妳像抱一件脆弱的寶物。

「我將喃喃問：妳去到哪裡？爲什麼要去另一個星球找愛情？那是不是我的錯？我將抵達很藍很藍的海，坐上山崖，風吹得眼瘆，陽光在水面反照出一片片魚鱗的光。

「妳是魚，以前是，現在還是，我卻已經不是了。所以我每天都去看妳，茫然地用目光清點海鳥和船，並不想很快就走。

「我同意那位開飛機掉在沙漠的人說的，最重要的東西是看不見的。但我仍然每次帶一束玫瑰花，一束又一束的玫瑰置放在山野，久了，會不會變成一座玫瑰花園？

「妳望得到我，一定會曉得我將綿綿思念託給了花魂。夜深時，滿天星斗像喧嘩的浪甩上天。我有別人沒有的星星在眼裡，有一口美麗的井，藏在作夢的沙漠……」

——原載二〇〇〇年十一月二十一日《台灣日報副刊》

巴歐巴

小王子的行星上有一些可怕的種子……這就是巴歐巴的種子。行星上的土壤常被它殘害。

據說，巴歐巴是非洲錦葵科植物，其大無比。不但它的種子不易分辨，即使已長出嫩芽，還是很容易藏身在蘿蔔或玫瑰的芽叢裡。巴歐巴之可怕，就在晚一點拔它，就沒有人能夠拔掉它了。

小王子教他的朋友畫過一顆長了三株巴歐巴的小行星，它們的根鑽穿了星球、吞噬了星球，以至於龐然像災禍一樣。小王子沒有教過我，但假如他要我畫出一個形象，警告其他出遊的孩子，我會怎麼畫？

——暴風雨。是的，暴風雨。烏雲四覆，不知敵蹤何在；風狂雨急，沒日沒夜的陰冷陰濕，直透入心底。沒有任何一把雨傘抵擋得了已成形的暴風雨。如果樹椿不夠大，樹立刻會折斷；土基不夠厚，地基會整個流掉。

小王子說，巴歐巴是有關紀律的問題，當你在玫瑰叢中一旦分辨出壞草，立即就該把它拔除。「這種工作很討厭。但很容易。」討厭的原因是隨時要注意「在無意中慢慢接近的危險」，你不能漫不經心地以爲是玫瑰，其實只是有點相似的「非玫瑰」。當巴歐巴祕密地在土壤裡睡覺時，令人錯以爲如夢幻般柔弱；當它初初萌生，也以爲是害羞的嫩芽。如風的巧計、浪的甜言，巴歐巴很會搬弄戲劇性的故事。

而今，暴風雨躲過了一場，我更想起小王子爲什麼關心綿羊吃不吃灌木的問題。綿羊是善良的，要陪小王子生活很久的，假如綿羊能吃灌木，那麼拔除巴歐巴的工作就更容易了。然而，這工作的根本之途並不在你身旁有沒有一隻綿羊，而是你自己是不是一個剷除巴歐巴的人。

「小心巴歐巴！」於是我們都需要這樣的一句警語。「假如那顆行星太小而巴歐巴太多，整個星球就會爆裂掉……」我住的星球夠大嗎？你住的星球夠大嗎？誰住的星球不會因巴歐巴而爆掉？「你要認錯……」如果讓一株巴歐巴成爲漏網之魚，那的確不是天氣問題，是紀律問題，是愛情失神而迷路。

假如你是一個時常在外旅行的人，你更要注意暴風雨的災害！不要忘了你所住的星球，只能容好的種子發芽，不能容壞的。「你問我現在怎麼做？我嘛，寫我自覺漂亮的詩，給她。我所得到的啓示値得我這麼做。」

「什麼樣的詩？」

「譬如，讓她在我枕上安眠，懷裡唱歌，讓心不再破碎，日子不再白白過……」

——原載二〇〇一年一月九日《台灣日報副刊》

附章：水邊札記

1

薄暮時，我們從水庫上游往下游方向走，天空灑落的毛毛雨，密一陣疏一陣。黑髮被打濕，末梢像懸著小露珠，夕光中有一股清新味。

我加快腳步往前超趕，直追到笑聲堆後才慢了下來，適時，眼光迎進一女孩細白的脖頸，亭亭在前，在黃T恤衫隱伏的肩胛骨之上；底下是藍底碎花大蓬蓬裙。她的長髮因濕漉而分向胸前兩側。

一壁與人說笑著，女孩瘦瘦高高，像雨中搖曳的一棵櫻樹，若有花氣襲人。趕過她時，我沒有轉頭，又走出二、三十步，暝色四合，山村亮起了燈火。

走近吊橋，走近水喧的溪澗；溫泉旅社的人語追躡我們到對岸。

在對岸的松林裡，營火炙燒起，工作人員早先預備好了竹筒飯，招呼大家走攏去，圍在四周。

不久，女孩在掌聲中出來唱歌，站在火光最亮的地方。紅顏不老啊，她永是不會有恨憾短缺的女孩，我感覺，自己內心掩映的光影正投射在她晃動的臉上。萍水一日，這相逢也像營火嗎？到第二天只剩一堆灰燼，帶點回味，僅僅能留一絲絲相惜之情罷了。

2

一大早，吊橋上就站了許多人，齊往下望，溪中大石上一對男女在洪流中等人救援。由於距離很遠，只約略看出他們的樣貌，有點驚慌但未驚叫。據說是夜半從河牀步上石頭賞月談心，不巧水庫放水，溪勢暴漲流面加大，警覺時已無法涉渡上岸了。

時天方亮，林子裡的鳥雀啁啾啼鳴。我看到那塊大石頭的乾燥面已不及三尺見方了，一個班的駐兵拖著長索從河邊小跑步來，他們把繩子綁在橋樁上，連手站成一縱列，試探下水。河水洶洶很快淹沒石上男女的立足點，看來再深些，就要站立不穩了。兵士踩水移行到只露出一個頭來，距那對男女六、七公尺遠，開始拋繩索過去。等繩子套牢，男的拍拍女友肩膀，似是安慰；女的回望一眼，把長繩綁在腰部。男的扯住尾端跟在後面。

岸上的人看他們在激流中時而沒頂時而冒出，時而歪斜像是要碰撞到石頭，不自禁大喊起來，有人驚呼，有人打氣，如此折騰了大半個鐘頭。

女子上岸時，太陽照在她蒼白的臉頰和裸露的臂膀，頭髮衣服黏貼身上，像一條剛迸出水的人魚。她沒有急著整理自己，任水從眉眼流下，卻忙著用手去抹男友的臉，撩梳他散亂的短髮，然後雙雙離去。那畫面染有一層濛濛的金色光暈。

當時未留意女子的穿著，至今更無從想像了。日後讀尾生抱柱而死的故事，總不期然想起偶然在山中水邊所見的情景。眼泣則能出珠，那女子再不是古代期於橋下失約未來的人了！曾經把生命繫在同一條繩子上，我確信，往後必會在同一條路上。

3

距離是美。

有一天下課，隔著學生奔躍的操場如隔一條大河，我看到對面大樓走廊站著一位女老師，也正憑欄外望。剩最後一堂課未上，太陽偏斜，一部分光照被大樓遮擋住；她鮮明的水綠上裝，在水泥牆邊凝聚了采采而又迷離的春意。相隔六、七十公尺遠，目光不可能交會在一塊兒，我在這一方，依稀只辨認出她是哪一位。

真像在長安水邊遙遙觀望的一位麗人啊，我在三樓，她在四樓，東西之間流轉的是靜靜的時光和曾經蟄伏醞釀過的輕輕感覺。

不知道她是否也正望我？知不知道我在對岸等她相看？也許我應將目光移向激烈爭逐的學童才是？設想她是在河的上游，我應如沙灘或水洲在下游虔心地等候。

猛聽「鈴——」一串鈴響，學童四射奔回教室，留下一段波平的水面，抬頭看，那如清院一柄琵琶、後塘一朵綠蓮的人影已消失不見。所謂咫尺天涯，莫非那瞬間的惆悵。然而我卻體會到，所謂伊人，在水一方，竟是可以印證在現代生活裡的情懷。

當晚，我寫下〈蒹葭〉一首最初形成的四行：

以古典的現代詠嘆最最赤裸的白話
最早應是周代正昇平那年
在多情的鄭風、秦風中
直到晚唐五代宋……

4

終於，我遇見一生只能遇見一次的妻子，十年前一個夜晚，心情微涼，獨坐國藝中心旁邊一座老建築的花台上等她。

嚴冬，夜燈閃爍的市區，車輛來回在中華路穿飛，向後拋送一兩聲喇叭；遠處陸橋上的行人兀自不少。我眼前有各式各樣的地攤，陳售大衣、毛襪、皮包和髮箍，還有推著賣花生、烤玉米的雙輪車小販，以及斜置彈珠盤打香腸的單車……

車流不斷人潮也不斷，彷彿一座嘈雜熱鬧的大埠頭；千帆過盡，唯我脈脈的想望和梭巡的眼光是專一的。

「對不起，來晚了。」突然發現她從人堆中鑽出，如一小股高起的浪拍過來。我握住她冰冷的手，就在那一刻，心中升起爐火的意象，開始有了家的嚮往；像演出即將正式開場，幕緩緩拉開，從此，那些輕曼的游走的陪襯的音樂，在心底在耳畔戛然收住。

我將她手插到我大衣口袋裡，恍惚間仍不知路伸向何方，因現實終究存著一些辛酸以及教人嘆息的事，只知她是我所見最疼心的女子。

——原載一九八六年九月十四日《聯合報副刊》

輯
V

戰地斷鴻

今夜我在燈下想著父親。

在燈下，我翻閱《滇西抗日血戰紀實》，想起抗戰後期，父親在五十四軍強渡怒江、仰攻高黎貢山的經歷，清楚地又在各段硝煙文字看到他當連長的身影。

蘆溝橋事變，父親被拉夫而出川。在上海的交通壕溝裡，他搬枕木、抬鐵條，赤足棉花田被長鐵釘貫穿過腳板。守衛南翔橋一役，以汽油、稻草設防，火焰沖天中憑一挺輕機槍擊退一排敵兵，當上中士班長。

在這之前，他是效法桃園三結義仁字旗下的「袍哥」；是陳家山一家木廠、一大片梯田的三少爺；是長江上游忠州水岸販售川芎、蟲草、貝母的商旅。民國初年的四川，軍閥交爭地盤，土匪收糧收餉，父親白天上私塾，夜晚逃土匪。及長，進過「邊防一路軍事學校」受訓，也參加過四川軍。原有機會保送中央軍校，卻隨一陝西人學鑄幣，荒遊各地。

等積攢了錢想回家，不料夜半發生如〈石壕吏〉「有吏夜捉人」的情景，領了一套粗布軍服、一個新編的隊號，直拉到上海，從二兵幹起。

我在燈下想著父親辭世前幾年，由於握筆的手顫抖，不再寫字、寫信；長日坐在背窗的一張躺椅，一搖一晃地假寐。屋子沒開燈，有些暗，他的臉背光，更顯模糊，總要靠近才知道他是睜著眼或閉著。額頭滿載歲月的疲憊，薄唇緊抿而微凹，渾不覺客廳人聲的喧譁。假日，我想帶他外出走走，多半時候他回答：「帶你媽媽出去散散心吧。我留著看家！」「隨他！——」母親往往賭氣道：「一輩子就只喜歡和外人在一起。」外人，指的是父親的舊日同袍。

我知道，母親並不了解父親。一個生於四川，一個長於山東，因戰爭逃難而結婚，婚後不數日，軍人父親即開拔上火線，年輕的母親隨一群眷屬，輾轉流徙，先到台灣，半年後才遇見被共軍俘擄、憑一紙路條中途逃亡海南島、渡過海峽歸來的父親。命運曲折，生死折磨，會使一個人的心房像蜂巢層岩，一格一格儲存的不是蜜，是苦楚的沉積物。問題是誰能脫開現實的綑束，帶老去的他回到青年人生還沒有碎裂、憾恨還來得及收拾的時代。

一九八七年，政府宣布開放探親，我計畫陪父親回四川。有一天，他在同樣未開燈而昏暗的屋裡，講了一段一輩子令他愴痛的恨別。

「一九三八年，最艱苦的作戰期，日軍攻下九江、馬當，國軍在江西與湖北交界築防禦工事，日軍隨即又從武漢背後來襲。你祖母病危，家中連催九封信。我全未收到，隻字不悉，直到戰事告一段落，無意中聽一文書提及……」

父親用四川話，講武漢失守之際鄂北那場戰役。國軍在武漢整訓，他代理排長由徐家棚東行，渡江，防守田家鎮，隸屬五十四軍八十三團第三營第九連。「在敵機艦艇轟擊及毒氣危害下，苦戰兼旬，傷亡極大。九月底，九連奉命掩護五十四軍全軍撤退，在江邊的山頭布下三個排陣地，各領一挺機關槍……」

我訝異已隔了半個世紀的事，他仍分明記得，如鄉音，如不斷溫習的鬱結。

「天麻漬漬亮時，哨兵傳報，江上有一群鴨子。」父親用望遠鏡凝望，發現日軍水陸兩用裝甲車上百輛浮在微明的江面，很快就會靠岸。但國軍在江邊挖有三公尺寬的暗壕溝，裝甲車上岸將陷住，暫時可以擋一陣。他重新查看自己這一排構築的工事：機槍在石崖底下，洞口有一大叢黃金柴掩蔽，射擊及裝彈匣的人都可躲在壕洞裡。陣地前另有一條河，聽到河裡的涉渡聲音，即「叭、叭、叭」三發點放。由於黃金柴擋煙，敵人不易發現機槍位置。

雨越下越大，天雖放亮卻仍陰晦，隱約看見遠方山丘有日軍出沒。突見二崗哨踩水往回跑，緊急報告：敵人已連夜包圍此山，排哨已被俘，他二人因外出小解而得以突圍。「不久，日機臨空，機關槍、六〇礮一起開打，陣地幾乎被打翻過來。從拂曉再入夜，連長負重傷垂危，另兩挺機槍沒了聲息。」父親說：「後來只剩我這一挺機槍還維持點放，一整天有槍響，敵人的部隊不敢貿然撲前。」山野無絲毫蟲鳴聲，只有人的哀號、呻吟斷續起落。他想起漸漸沉寂的另兩個排陣地，前一夜還傳出蒼涼的三弦。衣褲被雨浸透，一陣陣寒意令全身更加痠痛。

夜更深時，有同袍僞裝喊話：「陳連長！把你的機槍連拉到河邊防守。」目的是假造出一個營的聲勢。其實父親的排陣地只剩一槍、二人。「叭、叭、叭」他以三發子彈點放作答。不久，後山團防部派的中尉副官尋聲而至，手持黑巾遮蒙的五節電筒，問：「還有多少人？」說是奉團長令來查看。「還有兩人。」父親說。

「團長命撤守，但必須找齊三挺機槍帶回。」

他們憑記憶的方位，摸黑尋找，由父親帶頭，與副官及彈藥兵，推開阻路的屍體。其中一具機槍管還是燙的，上頭血黏黏地俯伏一個殉職的弟兄。好不容易把機槍找齊，一人扛上一挺。原本通過山腰竹林即可達後防，此刻日軍不斷以燃燒彈轟擊，火光通明截斷了他們的去向，只得繞道，將三十分鐘的路程延長成三個鐘頭。途經一座小廟，體力實在支撐不住了，有人提議休息。結果一坐下，三個人全睡著了。

講述至此，父親起身開燈，上廁所。我記得他曾透露，少時遇一麻衣相士，注視他良久，說兩眼間凹下，乃山根薄弱之相，沒有憑依。又說，活不過三十一歲，正應了一九三八這年父親的虛歲。

「朦朧中聽到大隊人馬走過的聲音，軍靴喀哩喀啦地踩在碎石路面。是日軍……」父親形容，那聲音直接踩在鼓起的耳膜、跳動的眼皮和腦神經上，三人不約而同地坐起。中尉副官禁不住牙齒打顫，彈藥兵抓起槍想往外衝。父親伸手制止，等敵兵最後一小隊通過，三挺機槍往地上一架，密集捲起一排弧形火煙。敵人沿右邊大路竄逃，他們則乘隙扛槍從左側乾河溝退走，直奔團駐地張家口。天亮以前槍聲不斷，野地不時爆燃開照明彈。從河床翻上另一條小路，他們鑽進了另一片樹叢。

「身上的衣服被荊棘、利石刺得稀爛，血跡、灰土和汗水混黏在一塊兒。人人臉色灰敗，我嘴巴乾嗆嗆，長滿了火疱，擠不出一點口水來。歸隊時，發覺全連只剩下七個伙夫、五個傳令，連同前線回來的我和彈藥兵，計十四員。上級從別連調撥來二員，計十六員新編成一排。全軍再度退往蘄春、黃岡時，已是十月初旬。團長再度下令新編的我這一排留守，阻截日軍！」

父親說，拿下棋打比，這一排就是一顆犧牲子。結果這回敵人沒從正面攻打，繞過了隘口，直接幹上主力部隊。雖然這一年子彈曾劃破父親後頸，命還是僥倖地保存了下來。難過的是，在老家想兒子哭瞎眼的母親卻先走了！

「家裡寄的九封信，您都沒收到？」我問父親：「還記得信的內容嗎？」

「軍中怕影響士氣，全扣了。信是你姑媽寫的。第一信說：媽媽病重，請趕緊回來服侍湯藥……。第二信說：媽媽成天念你之名，茶不思飯不想，喃喃道：『家亨，喔，家亨回來了！』有時精神錯亂，四壁亂摸，放聲大哭。第三信說：媽媽走了，喪事由前媽生的大哥、二哥變賣家產安葬……。第四信說，你的孩子死了，你的妻子譚氏改嫁，你在國而忘家亡家……」淚水在父親眼眶打轉，他的聲音開始嘶啞。出川前父親原已結婚，育有一女。不過年餘，女兒竟然餓死，妻子被逼改嫁，古往今來亂世人的遭遇何嘗有異。

往後幾封信，姊姊氣急地質問他：怎忍心不回信？爲何不回信？且追問部隊，這人是否已陣亡？果然已死，死在何處？當部隊轉進湖南常德時，又有一信，欲前來接陳家亨的靈回鄉。這時父親才看到信，他寫報告給團長說，戰事已告一段落，必先齊家才能報國，要求請假回鄉祭母。

團長說：「戰事半個段落都沒有！任何人都不能請假。即使讓你請假，你回得了四川嗎？到處都在徵兵、募兵……」「的確！」父親說：「不被國軍抓走，也會被紅軍擄去。當時紅軍的宣傳是，即使不戰死，也會凍死、餓死、曬死、徒步死，九死一生的路只有到延安。」

父親的部隊從湖南搭貨車兩日夜到廣東；從廣東徒步一月餘至廣西；再從廣西徒步四十天到雲南。其間補給不足，水土不服，兵士精疲力竭，拉痢又患夜盲，散失近半。而抗戰八年的時間也才過一半，距反攻騰衝、血戰滇西還待三年。

今夜我在燈前記下這一鱗半爪，想到父親晚年的無語，很像杜甫〈垂老別〉「棄絕蓬室居，塌然傷肺肝」描寫的心理：人生離合，哪管你老年還是壯年，從此與家庭決絕，肝肺爲之痛苦得崩裂！

一九八八年五月，終於我陪父親回到他闊別五十餘年的家鄉，人事全非，親長無一存者。又過十四年，他卸下身心重擔，埋骨於台灣北海岸。

——二〇一二年九月九日寫於外雙溪

九　歌　文　庫　1　3　5　9

為了下一次的重逢

國家圖書館出版品預行編目（CIP）資料

為了下一次的重逢 / 陳義芝著 . -- 增訂新版 . --
臺北市 : 九歌 , 2021.07
面 ;　公分 . -- (九歌文庫 ; 1359)
ISBN 978-986-450-355-1(平裝)

863.55　　110008706

作　　者——陳義芝
創 辦 人——蔡文甫
發 行 人——蔡澤玉
出版發行——九歌出版社有限公司
臺北市八德路 3 段 12 巷 57 弄 40 號
電話 / 25776564 傳真 / 25789205
郵政劃撥 / 0112295-1

九歌文學網　www.chiuko.com.tw

印　　刷——晨捷印製股份有限公司
法律顧問——龍躍天律師 ・ 蕭雄淋律師 ・ 董安丹律師
初　　版——2006 年 9 月
增訂新版——2021 年 7 月
定　　價——320 元
書　　號——F1359
I S B N——978-986-450-355-1